MIRI SMITH

Elsy Moore
und der Teetassenmörder

AF237384

Die Autorin

Miri Smith wurde 1982 geboren. Schon als Kind begeisterten sie vor allem rätselumwobene Geschichten. Ihre Liebe zum Schreiben und Backen entdeckte sie als Jugendliche. Nach ihrem Oecotrophologie-Studium arbeitete sie viele Jahre als Rezeptentwicklerin für Kochbücher und Magazine. In dieser Zeit veröffentlichte sie ihre ersten beiden Fantasy-Romane. Mit Elsy Moore erfüllt sie sich einen Herzenswunsch und widmet sich fortan dem Cosy Crime. Weitere Informationen auf Instagram (@miri.smith.autorin).

Miri Smith

Elsy Moore
und der Teetassenmörder

Krimi

Bibliografische Information der Deutschen Nationalbibliothek: Die Deutsche Nationalbibliothek verzeichnet diese Publikation in der Deutschen Nationalbibliografie; detaillierte bibliografische Daten sind im Internet über http://dnb.dnb.de abrufbar.

2. Auflage
© 2022 Miri Smith

Illustration, Cover: Miri Smith
Covergestaltung: Miri Smith

Herstellung und Verlag: BoD - Books on Demand, Norderstedt

ISBN: 978-3-7534-7785-5

Prolog

Mord … Mord geschieht aus vielerlei Gründen … Manchmal geschieht Mord aus Gier, aus Neid oder aus Leidenschaft. Vermutlich selten aus reiner Boshaftigkeit. Und manchmal aus …

1

Mit einem großen Weidenkorb in der einen Hand und mit Demons Leine in der anderen spazierte Elsy Moore mit strammem Schritt zu Jos Gemischtwarenladen. Sie hatte noch einiges zu tun, für Trödeln war heute keine Zeit.

Demon, Elsys zauseliger Rauhaardackel, galoppierte neben ihr her. Er musste laufen, um mit ihr Schritt zu halten. Seine Zunge hing ihm seitlich aus dem Maul und er sah aus, als würde er dabei lächeln. Er liebte Bewegung. Am liebsten hätte er den ganzen Tag getobt.

Elsy ging im Geiste ihre heutigen To-does durch. Für den Anblick des malerischen Dörfchens mit seinen kleinen Häusern, knochigen Bäumen, Ranken und Rosen hatte sie heute keine Zeit. Und sie liebte es normalerweise, das urige Dorf, ihr Zuhause, zu bewundern.

Stricktony war nicht immer ihr Zuhause gewesen, sie kam vor ein paar Jahren hierher. Sie war in Plymouth aufgewachsen, machte eine Ausbildung zur Hauswirtschafterin und lebte ihr Leben, bis sie vor zwei Jahren das Jobangebot von Fred erhielt.

Fred war Frederik Smart, Baron of Faun, ein lustiger, alter Kauz, der jemanden für seinen Haushalt gesucht hatte. Er suchte jemand, der sein Haus in Schuss hielt und kochen konnte. Und das Kochen war ihm weitaus wichtiger als der Haushalt.

Elsy war über die Grenzen für ihre Kochkünste bekannt und so wunderte sie sich nicht, als sie ein Jobangebot von einem gewissen Baron von und zu erhielt, der im Nirgendwo nahe des Dartmoor lebte. Da Elsy damals ohnehin nach einem Tapetenwechsel suchte und das Großstadtleben leid war, packte sie ihre Koffer und verließ Plymouth.

Jetzt war Elsy Hauswirtschafterin eines Barons, in einem kleinen, alten Herrenhaus, in dem es immer etwas zu tun gab: Kochen, Putzen, sogar kleinere Renovierungsarbeiten. Aber das liebte Elsy an ihrer Arbeit, die Abwechslung, die Herausforderung, selbst etwas zu reparieren. Etwas zu tun, was sie zuvor noch nie getan hatte.

Heute standen einige Besorgungen an und der einzige Laden, der alles bot, was Elsy benötigte, war Josef Millers Gemischtwarenladen.

In Stricktony gab es nicht viele Geschäfte. Es gab nur solche, welche die Menschen zum Leben brauchten. Alle verliefen entlang der Dorfstraße, ringsum und dazwischen lagen Familienhäuser. Jos Geschäft war das Zentrum des Dorfes. Hier versammelte sich Klatsch und Tratsch.

»Okay, Demon, du kennst das Spiel. Du bleibst hier. Ich gehe schnell einkaufen.« Elsy wickelte Demons Leine an einem der Pfosten der weißen Holztreppe, die hoch zum Geschäft führte, fest. »Wenn jemand kommt, den du nicht leiden kannst – ich nenne jetzt keine Namen – und dich streicheln will. Du hast die Erlaubnis, so viel und so laut zu bellen, wie du willst.« Elsy zwinkerte Demon zu, kraulte ihn ein letztes Mal hinter dem Ohr und stieg gleich darauf die Treppe empor.

Demon legte sich brav auf ein sonniges Plätzchen am Wegesrand und schaute seinem Frauchen aufmerksam hinterher. Er würde geduldig warten, bis sie zurückkam.

Jos Laden war ein altes, großes Haus. Neben dem Geschäft befand sich direkt seine Wohnung, die er mit seiner Frau bewohnte. Das Haus war in einem blassen Hellblau gestrichen und hatte weiße Fensterläden und Türen, die allerdings ein bisschen in die Jahre gekommen waren. Schon oft war Farbe vom Holz abgeblättert und darüber gestrichen worden.

Bevor Elsy das Geschäft betrat, erhaschte sie kurz einen Blick auf ihre Gestalt. Sie spiegelte sich in den Glaseinsätzen der Eingangstür. Elsy war ein sportlicher Typ, sie trug Jeans, Turnschuhe und ein hellgraues Shirt. Ihre braunen Haare hatte sie zu einem lockeren Pferdeschwanz hochgesteckt. Elsy strich sich ein paar Haare, die sich aus ihrem Zopf gelöst hatten, hinters Ohr. Es war mehr Reflex, als der Wunsch für die übrige Welt gut auszusehen. Elsy war kein eitler Mensch und sie war der Ansicht, dass Perfektionismus hinsichtlich Äußerlichkeiten nicht gesund für den Geist war. Niemand war perfekt und das war auch gut so. Zielstrebig betrat sie das Geschäft.

Die Türglocke, ein schrilles Relikt aus den Fünfzigerjahren, kündigte Elsy als neuen Kunden an. Kurz blickten die wenigen Gesichter im Laden zu Elsy auf, nickten und gingen dann ihren eigenen Erledigungen nach.

Elsy überblickte die Szenerie, so wie sie es immer tat. Das hatte sie schnell gelernt. Es war eines der ersten Dinge, die Elsy in Stricktony gelernt hatte. *Überblicke die Situation! Lass dich nie unvorbereitet von den Klatschbasen des Dorfes überfallen!*

Elsy konnte vom Eingang aus nicht alles sehen, dafür waren die Gänge des Geschäfts zu lang und zu vollgestellt, dennoch wusste sie, dass nur wenig los war und sie nicht plötzlich von einer der Klatschbasen überfallen werden würde. Klatsch war zwar hin und wieder interessant, dennoch wollte sich Elsy selbst nicht daran beteiligen. Und wie wurde sie ausgefragt über Fred. Wenn die alten Geier sie einmal in ihren Klauen hielten, gab es für sie kein Halten mehr.

»Nein, ist es nicht interessant, dass unsere liebe Miss Moore für unseren geschätzten Frederik arbeitet«, tönte die eine.

»In so einem alten Haus spukt es doch bestimmt«, stachelte eine andere.

»Heute kaufen Sie aber viel ein. Erwartet der Baron etwa Gäste?«

Elsy schauderte es bei den Erinnerungen. Ein Baron zu sein, war nicht leicht, zumindest nicht für Fred. Ständig wollten die Leute etwas von einem, waren neugierig oder erhofften sich Verbindungen zu anderen einflussreichen Persönlichkeiten. Dabei war Fred einfach nur Fred. Ein alter Mann, der zufällig einen Adelstitel trug, ein gewisses Vermögen sein Eigen nennen durfte, das er sich selbst hart erarbeitet hatte, und ansonsten ein schlichtes, ruhiges Leben bevorzugte.

Nachdem Elsy ihre Erinnerungen abgeschüttelt hatte, durchquerte sie gezielt den Laden. Jos Geschäft war bereits in die Jahre gekommen, aber stets blitzsauber. Die Regale und Theken waren eine Mischung aus Dreißigerjahre-Schick und Fünfzigerjahre-Pragmatismus. Elsy wusste genau, was sie benötigte und wo sie es fand. Sie lud alles in ihren Weidenkorb, der schnell ein beachtliches Gewicht aufwies, und stellte sich zu guter Letzt an die lange Ladentheke am Eingangsbereich, um Gebäck auszuwählen und um zu bezahlen.

Mrs Davies, eine pummelige, alte Dame, war vor ihr dran. Sie sprach gerade mit Jo. Elsy musste warten. Gedankenverloren schweifte ihr Blick durch den Laden. Die große, pittoreske Uhr über der Eingangstür erinnerte sie daran, dass sie heute nicht trödeln durfte. Es war schon nach zehn Uhr und ihre Liste war lang. Ein weiterer Kunde saß an einem der beiden winzigen Bistrotische, die gegenüber der Ladentheke Platz fanden, und genoss ein zweites Frühstück: einen Hafercookie mit einem schwarzen Frühstückstee. Elsy leckte sich über ihre Lippen. Jos Hafercookies waren gut, sehr gut sogar. Sie hatte es jedoch auf die Zimtkringel in der Auslage abgesehen. Das sündhaft klebrige, buttrige Gebäck türmte sich ihr entgegen, rief sie förmlich. Mal ehrlich, wer konnte schon Zimtkringeln widerstehen. Elsy blickte an sich hinab. Ja, sie war schlank, aber ihr momentaner Zimtkringel-, Cookie- und Teegebäckkonsum hatte ihr ein niedliches Bäuchlein beschert, das sie liebevoll als ihre Kekswampe bezeichnete – natürlich nur im Stillen. Aber für einen flacheren Bauch auf all die Köstlichkeiten des Lebens zu verzichten, kam für Elsy nicht in Frage. Das Leben war zu kurz, um Keks-los zu leben.

»Die Tasse ist ja wie neu!«, freute sich Mrs Davies überschwänglich. »Sie sind ein wahrer Künstler«, lobte sie Jo. »Was bekommen Sie dafür?«

Jo winkte ab. »Mrs Davies, das ist doch nicht der Rede wert. Ein Gefallen unter Nachbarn.«

»Sie sind ein Schatz«, schmeichelte sie Jo, der daraufhin rot anlief.

Josef Miller war ein schüchterner Mann. Er war mit seinen Anfang Fünfzig, mit dem Schicksal gestraft, kaum noch Haare zu besitzen. Lediglich ein dünner, blonder Flaum zierte sein Haupt. Wie jeden Tag trug er eine schlichte, weiße Schürze über seiner ebenso schlichten Kleidung. Elsy hatte ihn noch nie in etwas anderem gesehen als in Jeans und kleinkarierten Hemden. Und es gab noch etwas, das ihn auszeichnete: Josef Miller war herzensgut. Hatte jemand mal einen finanziellen Engpass, konnte jener bei ihm anschreiben und später bezahlen.

Elsy betrachtete die geflickte, alte Blümchentasse und nickte anerkennend. Jo war wirklich ein Experte, was die Reparatur von zerbrochenem Porzellan anging.

Nachdem Mrs Davies gegangen war, Jo hatte sie noch zur Tür begleitet, war nun Elsy an der Reihe.

»Guten Morgen, Elsy. Was darf es heute sein, drei oder fünf Zimtkringel?« Erwartungsvoll lächelte er ihr zu.

»Jo, du kennst mich einfach zu gut.« Elsys Lächeln zog sich über ihr ganzes Gesicht. »Drei Stück genügen. Danke.«

»Wie geht es dir? Alles gut bei euch im Herrenhaus?«, fragte er, als er die Zimtkringel eintütete. Jo war keiner der gefürchteten Klatschbasen, er war ehrlich interessiert.

»Vielen Dank, mir geht es gut. Fred auch. Heute ist viel zu tun. Man hat ja manchmal einfach so Tage, wo sich alles stapelt. Aber den Kopf in den Sand stecken hilft nicht.«

»Wem sagst du das.« Jo konnte davon ein Liedchen singen. An manchen Tagen war sein Laden so voll, es war, als tummelte sich das gesamte Dorf dort. Zum Glück half ihm Frances, seine Frau. Allein war die Arbeit nicht zu schaffen.

»Geht es euch auch gut?«, erkundigte sich Elsy und schaute Jo beim Kassieren ihrer Einkäufe zu.

»Alles bestens. Ich überlege gerade, ob ich mein Sortiment anpasse. Etwas moderner gestalte, du verstehst.«

»Solange du die Zimtkringel nicht streichst, ist mir alles egal«, spaßte Elsy.

»Nie im Traum würde ich daran denken. Spaß beiseite, wenn du Anregungen für mich hast, wäre ich dir sehr dankbar.«

Jo und Elsy unterhielten sich noch eine Weile über mehr oder weniger gefragte Produkte, während Jo ihre Einkäufe wieder in ihren Korb packte. Er hatte ein Händchen dafür, die Lebensmittel richtig zu platzieren, damit nichts zerquetschte oder kaputt ging. Oben auf lag die Tüte mit den Zimtkringeln. Elsy lief bei deren Anblick das Wasser im Mund zusammen. Ihr täglicher Fünfuhrtee mit Fred würde heute mal wieder ganz besonders lecker ausfallen.

Kaum hatte Elsy den Laden verlassen, sprang Demon auf und begrüßte sie überschwänglich. Sie band ihn los und zusammen machten sie sich auf zu ihrem nächsten Ziel. Sie war an diesem Donnerstagvormittag mit Jake Hide, dem Küster der Pfarrei, verabredet, um ein Gartenwerkzeug, das sie sich ausgeliehen hatte, zurückzugeben.

Zum Cottage des Küsters war es nicht weit. Die Kirche sowie das Cottage lagen am Ende der Dorfstraße. Elsy genoss auf ihrem Weg die letzten Sonnenstrahlen des endenden Sommers auf ihrer Haut. Es war warm, eine leichte Brise zog über das Dorf hinweg. Bald würden sich die Blätter verfärben und es würde kalt werden. Aber jetzt sog sie die Wärme in sich auf und genoss den leichten Duft der Rosen, die überall in den Gärten wuchsen. Manchmal waren es wilde Rosen, die an den Häusern und Zäunen rankten, manchmal eine besondere Zucht, die einen prominenten Platz im Garten erhielt.

Die Kirche des Dorfes prangte auf einem kleinen Hügel. Egal, wo man sich im Dorf befand, die Kirche war stets zu sehen. Sie war ein altes Schmuckstück vergangener Zeit, denn obwohl sie sehr klein war und auch an so manchen Stellen einer Restaurierung bedarf, hatte sie etwas Imposantes an sich. Elsy konnte nicht anders, als sie zu bewundern.

Das kleine Cottage hingegen lag am Rande des Hügels, versteckt hinter knochigen Bäumen, wuchernden Büschen und wildwachsenden Gräsern. Es war, als schließe ein winziger Wald das Haus in sich ein. Ein schmaler Stichweg, der recht zugewachsen und auch nur zu Fuß begehbar war, führte von der Straße zum jahrhundertealten Haus.

Im Schatten der Bäume wurde es von Schritt zu Schritt kühler. Allerlei Insekten tummelten sich im wilden Grün. Es zirpte, brummte und summte nur so. Demon schien der Ort zu gefallen. Sein Kopf schwang von rechts nach links und wieder zurück. Für ihn gab es dort vermutlich vieles zu entdecken.

Nach ein paar weiteren Schritten wurde das Haus sichtbar. Ein paar wenige, dünne Sonnenstrahlen tanzten auf dem Dach des kleinen Häuschens. Ansonsten lag es vollends im

Schatten. Es schien so, als wollten die Pflanzen es verschlingen, und Mr Hide tat offenbar wenig, um es aufzuhalten. Elsy wunderte sich darüber. Und nicht nur darüber, für einen Küster sah Mr Hides eigenes Haus wenig gepflegt aus. Mücken tanzten um einen Eimer voll Wasser an der Eingangstür. Farbe blätterte von den rissigen Holzrahmen der Fenster und der Putz der Fassade bröselte ebenfalls hier und da ab. Ein hell- mal dunkelgrüner Moosteppich bahnte sich seinen Weg vom Boden empor zur Außenwand. Elsy schüttelte über den Anblick den Kopf. Sie würde so ein schönes Häuschen niemals so verkommen lassen. Aber wer war sie, dies zu beurteilen, Menschen waren eben verschieden. Sie streifte den Gedanken ab und betätigte den Türklopfer.

Demon setzte sich wie auf Kommando neben sie und beobachtete sein Umfeld. Er reckte seine Nase und schnüffelte interessiert umher. Etwas schien seine Aufmerksamkeit zu erregen.

Erneut klopfte Elsy. Als sie nichts hörte, rief sie: »Mr Hide, sind Sie im Garten? Hallo!?«

»Was meinst du, Demon, hat uns Mr Hide versetzt …? Hm. Weißt du was. Du wartest hier! Ich gehe kurz ums Haus und sehe nach. Pass auf unsere Einkäufe auf!« Den Korb stellte Elsy neben ihn ins Gras. Sie vertraute Demon. Sie hatte ihn so gut erzogen, dass er nie über ihre Einkäufe herfallen würde, im Gegenteil er würde sie beschützen.

Rings um das Haus lief ein schmaler, buckeliger Steinweg. Als Elsy am Wohnzimmerfenster vorbeikam, versuchte sie es erneut. Sie klopfte ans Fenster, das daraufhin nachgab und sich einen Spalt öffnete. Gleich darauf entdeckte sie Mr Hide. Er saß in einem Sessel mit dem Rücken zu ihr, lediglich sein Kopf guckte seitlich ein Stück hinaus. So wie er in seinem Sessel zu hängen schien, schlief er bestimmt.

»Mr Hide!«, rief sie laut. Wenn ihn das nicht weckte, wüsste sie auch nicht weiter. »Mr Hide! Hallo! Aufwachen!

Ich bin es, Elsy Moore. Wir hatten einen Termin.«

Mr Hide machte keinerlei Bewegung. Er zuckte nicht einmal. Niemand konnte so fest schlafen. Sie hatte so laut gerufen, wahrscheinlich hatte man sie sogar noch im Dorf gehört. Etwas stimmte nicht. Vielleicht ging es ihm nicht gut und er brauchte Hilfe, schließlich war er ein alter Mann. Als sich Elsy weiter im Raum umschaute, sah sie, dass die Wohnzimmertür zum Garten ebenfalls offen stand. Dort wollte sie es versuchen. Zwar hielt sie nichts davon, einfach anderer Leute Häuser zu betreten, aber wenn Mr Hide wirklich Hilfe benötigte, konnte sie auch nicht weggehen.

»Mr Hide!«, versuchte sie es weiter, als sie um das Haus ging. Vielleicht wachte er doch noch auf. Zaghaft steckte sie ihren Kopf durch die Tür zum Wohnzimmer.

Mr Hide saß im Dunkeln in einer Ecke. Das Wohnzimmer war so düster, dass selbst jetzt am frühen Morgen, wo der Rest der Welt im Sonnenschein erstrahlte, alles wie im dunklen Schatten lag.

»Mr Hide?« Langsam trat Elsy ein, sie näherte sich ihm zögerlich. »Huhu, Mr Hide!«, flüsterte sie jetzt und kam sich gleich darauf total blöd vor. Warum flüsterte sie jetzt? Wenn ihn das Rufen schon nicht geweckt hatte, wie sollte – Elsy blieb abrupt stehen.

Blut! So viel … Blut! Ein spitzer Schrei löste sich aus ihrer Kehle. Erschrocken legte sie die Hände auf ihren Mund.

Elsy wusste nicht, wie lange sie schon starrte. Vermutlich waren es nur wenige Sekunden, aber sie hatte das Gefühl, zur Salzsäule erstarrt zu sein. Ein schwerer Druck lastete auf ihrer Brust und sie bekam kaum Luft. »Atmen, Elsy … Ruhig atmen … Beruhige dich«, redete sie sich selbst gut zu und nahm langsam ihre zitternden Hände wieder hinunter.

Scheiße, in was war sie hier nur hineingeraten … Elsy brauchte einen Moment, aber dann sah sie klar. Wie von selbst zog sie ihr Handy aus der Hosentasche und rief den Notruf.

2

Die Polizei war unterwegs. Das war gut. Sie würden nur wenige Minuten benötigen. Elsy verspürte den heftigen Drang, diesen Raum zu verlassen, doch wenn sie das tat, könnten wichtige Spuren am Boden vernichtet oder verunreinigt werden. Sie musste stehen bleiben und ausharren, bis die Polizei eintraf.

Zwischen Ekel, Furcht und Neugierde hin und her gerissen, sah sie sich um. Eine Leiche zu sehen, in echt, war etwas völlig anderes, als wenn sie gemütlich auf ihrer Couch von einem Mord in einem ihrer zahlreichen Krimis las. Eine Leiche war nicht schön anzusehen. Mr Hides Körper hing schlaf im Sessel. Sein Kopf hing unnatürlich zur Seite und seine Augen blickten starr ins Leere. Seine Haut wirkte fahl. Alle Lebensgeister waren gewichen. Von der einstmals großen, kräftigen Gestalt war nichts mehr übrig. Und es war so viel Blut zu sehen. Seine Brust, sein helles, verwaschenes Hemd war blutgetränkt. Es war schrecklich furchteinflößend und traurig zugleich.

Mr Hide war durch zwei Schüsse in die Brust getötet worden. Der eine Schuss hatte ihn unterhalb der Lunge getroffen, der zweite auf Höhe des Herzens. Mr Hide war ermordet worden.

Es musste Mord sein, da war sich Elsy sicher. Denn ringsum war keine Waffe zu sehen, nur eine zerbrochene Tasse.

Es war ein Mord geschehen. In Stricktony. Unfassbar …

Elsy konnte es nicht glauben. Sie versuchte tief ein- und auszuatmen, um nicht durchzudrehen. Noch immer war die Polizei nicht eingetroffen. Die Zeit verging wie in Zeitlupe.

Elsy grübelte. Wer brachte bloß einen so alten Mann um? Gedankenverloren sah sie sich um. Ihr Blick blieb bei der zerbrochenen Teetasse am Boden hängen. Sie hatte ein schlichtes Dekor, vornehmlich weiß mit wenigen blauen Streublumen. Soviel konnte sie in dem dämmrigen Licht erkennen. Von der Tasse waren lediglich ein paar größere Teile abgebrochen. Wahrscheinlich konnte man sie noch reparieren. – Um Gottes willen, über was dachte sie hier nach!? Ein Mann war ermordet worden und sie dachte über die Reparatur einer Tasse nach. Aber … etwas stimmte nicht. Vermutlich lag es an ihrem Faible für Puzzle, denn Elsy erkannte, dass ein Teil der Tasse fehlte. Auch nachdem sie sich weiter auf dem Boden umsah – was schwer war, da sie sich nicht vom Fleck rühren durfte –, entdeckte sie kein weiteres Stück.

Elsy blickte auf, endlich hörte sie Sirenen. Bald könnte sie diesen fürchterlichen Ort verlassen. Sie war so erleichtert.

Ein letztes Mal ging ihr Blick zu der zerbrochenen Tasse. Die ganze Szene hatte etwas Unwirkliches an sich. Kopfschüttelnd schaute sie auf, als gleich darauf etwas anderes ihre Aufmerksamkeit fesselte. Es war der kleine Holztisch, der neben Mr Hides Sessel stand. Im Dämmerlicht bemerkte Elsy helle Kratzer im Holz. Das Holz des Tisches war dunkel und so stachen die frischen Kratzer stark hervor. Jemand hatte etwas in die Tischplatte geritzt. Zwischen Unterteller und Teekanne war ein Zeichen eingeritzt worden. Das war interessant … Elsy konzentrierte sich. Heute trug sie keine Brille und sie musste sich anstrengen, um das eingeritzte Bild scharf zu stellen. Als Erstes erkannte sie Linien, es waren drei Linien. Ungleichmäßig und grob waren sie ins Holz geschnitten. Und Elsy sah noch mehr. Eine weitere Linie, kürzer als die anderen, durchkreuzte die erste der drei Linien. Was hatte das zu bedeuten …?

Noch bevor die Polizei eintraf, wusste Elsy, dass sie bald erlöst wurde. Demon bellte, er beschützte die Einkäufe.

»Miss Moore! Elsy!«, rief einer der Polizisten von weiter entfernt. Elsy erkannte ihn sogleich als den jungen Constable Marty Hall.

Elsy versuchte, sich bemerkbar zu machen, und rief so laut sie konnte, »Marty, ich bin hier! Ich bin im Wohnzimmer. Du musst hinten rum.«

Noch immer bellte Demon lautstark. Sie hörte zahlreiche Schritte, das Rascheln von Sträuchern und die schrille Sirene. Es war ein Durcheinander. Sie konnte nicht sagen, wie viele Polizisten gekommen waren.

»Elsy?«, fragte Marty und tauchte augenblicklich an der Tür zum Garten auf.

»Stopp!«, bremste sie ihn reflexartig.

Marty trug bereits Einmalhandschuhe und öffnete weit die Tür. »Ich werde den Raum nicht betreten«, sagte er mit festem Tonfall. Seine spitzbübische Art war verschwunden, ersetzt durch einen ernsten Blick. Als er sah, wie blass Elsy war, versuchte er sie zu beruhigen, »Du kannst gleich hier raus. Keine Sorge.«

»Ich habe mich nicht bewegt. Als ich ihn entdeckt habe, bin ich sofort stehen geblieben. Ich habe auch nichts angefasst. Bis auf … bis auf die Tür.«

»Sind Sie sicher?«, ertönte eine weitaus dunklere Stimme hinter Marty. »Constable Hall, ich übernehme.«

Marty trat zur Seite.

Elsy wusste sofort, wer zu ihnen gestoßen war. Sie hatte damit gerechnet. Inspektor – ich weiß immer alles besser – Quinn stand mit finsterer Miene hinter ihr. Einerseits war sie erleichtert, andererseits wie immer leicht genervt. »Ich habe nichts angefasst«, bestätigte sie erneut. »Inspektor, darf ich bitte diesen Raum verlassen!«

Inspektor Quinn überblickte aufmerksam den Raum und

nickte dann. »Gehen Sie langsam zurück. Achten Sie darauf, wo Sie hintreten. Wir unterhalten uns draußen. Die Forensik übernimmt gleich.«

Frische Luft. Sonnenlicht. Elsy war mehr als glücklich, diesen fürchterlichen Ort hinter sich gelassen zu haben. Sie kraulte Demon, der im Gras lag, und beruhigte sich so selbst. Demons struppiges Fell fühlte sich rau unter ihren Fingern an, aber daran hatte sie sich längst gewöhnt. Er lächelte sie an und genoss die Streicheleinheit. Elsy wusste nicht, warum manche Hunde so aussahen, als würden sie lächeln, vermutlich lag es irgendwie an ihrer Anatomie. Obgleich ihre wenig rationale Einschätzung eher dazu ging, dass er lächelte, weil er glücklich war. Wie dem auch sein mochte, Demon war ihr Ruhepol und umso dankbarer war sie, dass sie ihn gefunden hatte und er heute bei ihr war.

»Und sonst können Sie uns nichts sagen?«, verlangte Inspektor Quinn zu wissen. Er lehrte am Haus. Mit verschränkten Armen und skeptischem Blick schaute er auf sie hinab.

Elsy verspürte den Drang, sich aufzurichten. Diesem Berg von einem Mann musste man aufgerichtet begegnen, sonst fühlte man sich klein wie eine Maus. Sie verschränkte wie er die Arme und versuchte, nicht zu genervt zu schauen. »Inspektor Quinn, ich habe Ihnen alles gesagt, was ich weiß. Ich habe Ihnen beschrieben, wie ich das Haus betreten habe und wie ich mich in den Minuten, in denen ich auf Sie gewartet habe, verhalten habe. Ich wüsste nicht, was ich vergessen haben sollte. Mr Hide ist, offensichtlicher Weise, und das muss ich Ihnen ja wohl nicht sagen, schon einige Stunden tot. Als Mörderin komme ich daher vermutlich nicht in Frage. Also, wenn es Ihnen nicht allzu große Probleme bereitet, würde ich jetzt gerne nach Hause gehen. Mir ist schlecht und ich brauche eine Dusche.«

Als Inspektor Quinn sich von der Wand abstieß und sich, wie Elsy vermutete zur Einschüchterung, vor ihr aufbaute, beobachtete sie ihn genau.

Inspektor Quinn war wie sie Mitte Dreißig, so viel hatte der Dorfklatsch hergegeben, als er vor einem Jahr hierhergezogen war. Ansonsten wusste man nicht viel über ihn. Er war groß, breitschultrig und hatte ein lächerlich gut aussehendes Gesicht. Er hatte ein Grübchen am Kinn, dunkelbraune, wellige Haare und blaue Augen. Wäre er nicht so ein Besserwisser, hätte Elsy ihn vielleicht gemocht. Und es war ja nicht so, als würde sie ihn kennen. Die paar Worte, die sie bislang gewechselt hatten, sagten nicht viel aus. Letztendlich befähigten sie sie nicht wirklich dazu, eine Meinung über ihn zu haben, aber sie wusste eins mit Gewissheit: Er hatte immer recht. Zumindest dachte *er* das. Darüber hinaus vermutete Elsy, dass er sehr viel über die Leute hier im Dorf wusste. Bei den seltenen Begegnungen mit ihm, hatte sie ihn stets dabei ertappt, wie er andere still beobachtete. Er selbst gab nichts über sich preis. Nie sah sie ihn in Gesellschaft, im kleinen Dorfrestaurant oder bei irgendwelchen Festivitäten, zumindest nicht in der Freizeit. Niemand wusste etwas über ihn. Und in einem Dorf mit 989 Einwohnern war das schier unmöglich.

»Miss Moore …«

»Jaaa?« Elsy wollte nur nach Hause und drückte sich im Geiste selbst die Daumen. Sie lächelte ihn an, in der Hoffnung, dass dies irgendwie half.

»Sie können gehen.«

»Gott sei Dank!« Augenblicklich schnappte sie sich Demons Leine und ihren Weidenkorb.

»Miss Moore!«, stoppte er sie. Es klang wie ein Befehl.

Das durfte doch nicht wahr sein, was wollte er noch? Konnte er sie nicht einfach gehen lassen! Sie ging wieder ein paar Schritte auf ihn zu und versuchte, nicht zu genervt auszusehen.

Inspektor Quinn griff in die Innenseite seines dunkelgrauen Jacketts und suchte nach etwas. »Meine Karte. Wenn Ihnen noch etwas einfällt, rufen Sie mich bitte an! Und zwar unverzüglich!« Angespannt reichte er ihr seine Visitenkarte. Der Mord schien ihm zuzusetzen. Natürlich tat er das. Der Mord würde das ganze Dorf in Aufruhe versetzen.

»Selbstverständlich. Guten Tag, Inspektor. Komm, Demon, wir gehen nach Hause!«

»Guten Tag, Miss Moore«, hörte sie nur noch seinen tiefen Bariton hinter sich. Elsy konnte nicht schnell genug fortkommen.

3

Frederik Smart, der Baron of Faun, liebte seine Dienstag-abend-Einladungen. Fred, so wie seine Freunde ihn nannten, blühte förmlich auf, wenn er Gäste bewirtete und sich mit ih-nen austauschte. Aus diesem Grund ermunterte Elsy ihn im-mer dazu, auch wenn er sich müde fühlte und absagen wollte und es für sie mehr Arbeit bedeutete.

Das heutige Dinner näherte sich bereits dem Ende. Elsy hatte sich schon in die Küche zurückgezogen und räumte auf. Nach dem Dessert hatte sie sich von den Gästen verabschie-det. Für Fred war es selbstverständlich, dass Elsy an den Abendessen teilnahm. Elsy war für ihn nicht nur eine Ange-stellte, sondern über die Zeit eine enge Freundin geworden.

Fred selbst schenkte noch Likör und anderes Hochprozen-tiges aus und amüsierte sich vermutlich köstlich.

Elsy stand vor der tiefen Keramikspüle. Ihre Hände waren in Schaum getaucht. Sie spülte die großen Töpfe und Pfan-nen, die nicht in die Spülmaschine passten, per Hand und war froh, einen Moment für sich zu haben. In der alten, aus Holz gefertigten Küche im Landhausstil fühlte sie sich wohl. Das Dunkelgrün der Küchenfronten, die messingfarbenen Beschläge und die cremefarbenen Wände strahlten Behag-lichkeit aus.

Elsy atmete die kühle, nach Regen duftende Luft tief ein. Sie hatte das Fenster über der Spüle gekippt, draußen plät-scherte der Regen. Es gab nichts Besseres als Luft, die nach Regen und frischem Grün roch. Na ja, vielleicht wenn es nach frisch gebackenen Cookies roch. Der buttrige, scho-koladige Duft machte Regen auf jeden Fall Konkurrenz. Und der Geruch, wenn Kerzen erloschen, weil sie dies stets an Weihnachten erinnerte. Dennoch, Elsy stellte insgeheim fest, sie hatte ein Ranking: Regen, Cookies, Kerzen. Ja, das war die richtige Reihenfolge.

Darüber hinaus kam es darauf an, wo man sich befand. Ihre Lieblingsdüfte kombiniert mit ihren Lieblingsorten, das war himmlisch. Regen roch Elsy am liebsten eingekuschelt im Bett oder auf der Couch in ihrem Wohnzimmer. Kerzenduft machte sich perfekt in Freds uriger Bibliothek und der Geruch von Cookies, wie er sich in einer Küche ausbreitete, wenn man den Backofen öffnete, fand man eben nur in einer Küche.

Die Küche, in der Elsy gerade arbeitete, war einer ihrer Lieblingsorte und sie war für ihre Zwecke perfekt eingerichtet, das dachte Elsy immer wieder. Ihr standen mehrere Kühlschränke, ein riesiger Gasherd und ein ellenlanger Arbeitstisch zur Verfügung. Die Küche war groß. Damals, als das Herrenhaus gebaut wurde, war die Küche sicherlich für mehrere Bedienstete angelegt worden. Jetzt war es ihr alleiniges Refugium. Und Demons. Er lag brav in seinem Körbchen am Hintereingang und beobachtete sie. Dort durfte er liegen. Rumstreunern und alles beschnüffeln, war in der Küche verboten.

Als Elsy Demon vor anderthalb Jahren adoptiert hatte, war er ein wilder, frecher, sehr junger Hund gewesen. Aber er war auch zutraulich und lernbegierig gewesen, was Elsy sehr verwundert hatte, da er in seinem vorherigen Zuhause, wenn man es überhaupt so nennen konnte, misshandelt worden war. Tierschützer hatten ihn von seinem Besitzer weggeholt. In dem Moment, als er ihr im Nachbardorf als Notfall vorgestellt wurde, hatte sie sich in ihn verliebt. Elsy kümmerte sich fortan liebevoll um ihn, päppelte ihn auf und erzog ihn. Und Demon stellte sich als besonders schlau heraus. Er schien viele ihrer Worte zu verstehen und begriff schnell neue Kommandos. Wer weiß, vielleicht war es auch ein Stück Dankbarkeit, weil Elsy ihm ein neues und vor allem schönes Zuhause geschenkt hatte. Sie selbst wollte ihn nicht mehr missen.

Fred ebenso wenig, er behandelte ihn wie ein Enkelkind. Ständig versuchte er ihn mit Hundeleckerchen und Streicheleinheiten zu verwöhnen. Fred war schon ein besonderer Mann, er war großherzig, freundlich und ein Freigeist. So wunderte es Elsy auch nicht, dass er die Dienstagabend-Einladungen ins Leben gerufen hatte. Die Gäste der Abende wechselten. Fred wollte, so sagte er, dass jeder einmal in den Genuss von Elsys Kochkünsten käme.

Auch heute Abend waren sie mal wieder eine illustre Runde gewesen. Es waren sechs Gäste zugegen, rechnete man Fred und sie selbst nicht mit ein. Die beiden waren natürlich fester Bestandteil der Runde. Und wie es nicht anders zu erwarten gewesen war, war Mr Hides Ermordung das Gesprächsthema Nummer eins.

Vermutlich hatte die Anwesenheit eines gewissen Inspektors, der, nebenbei bemerkt, alle ihre drei Gänge kritisch beäugt hatte, sein übriges getan. Natürlich drehte sich fast der gesamte Abend um den Mord. Es gab zahlreiche Theorien, wer den Mord begangen haben könnte. Das ganze Dorf war in Aufruhe. Wie Peter O'Reilly, der Metzger, berichtete, waren sogar Leute aus dem Nachbardorf zu ihm in den Laden gekommen, um ihre Neugierde zu befriedigen. Ja, die Welt war schon ein neugieriges Örtchen.

Die einzige Person, die sich bedeckt hielt, war Inspektor Quinn. Jegliche Nachfragen erstickte er im Keim. Über laufende Ermittlungen durfte schließlich nicht gesprochen werden. Er hörte jedoch aufmerksam zu. Dorfklatsch war niemals zu unterschätzen.

Zu gern hätte Elsy ihm Fragen gestellt. Wie kam die Forensik voran? Hatten sie bereits Hinweise gefunden? Wen würde die Polizei ins Visier nehmen? Oder tappten sie noch im Dunkeln?

Als hätte sie ihn mit ihren Gedanken heraufbeschworen, stand der Inspektor plötzlich im Türrahmen. Elsy sah sich in dem Moment um, als er zur Tür hineinkam. Das Knarzen der Holzdielen und Demons Aufschrecken hatten sie hellhörig gemacht. Elsy wunderte sich, noch nie hatte einer ihrer Gäste sie in der Küche besucht. Was wollte er hier? Sie versuchte, ihre Verwunderung zu überspielen und fragte freundlich nach, »Inspektor, kann ich noch etwas für Sie tun? Brauchen Sie noch etwas? Fred ist doch nicht schon wieder der Holunderlikör ausgegangen, oder?«

Inspektor Quinn blinzelte irritiert aufgrund der Flut der Fragen. »Nein, danke, nichts dergleichen«, erwiderte er mit seiner tiefen Stimme. Neugierig trat er an ihre Seite. Wie immer war William Quinn schick gekleidet. Egal, ob er beruflich oder privat unterwegs war, man sah ihn meist in Anzughose und Hemd. Das Höchste der Gefühle war ein Poloshirt.

Jetzt, wo der Inspektor so dicht neben ihr stand, musste sie zu ihm aufsehen. Automatisch ging sie einen Schritt zurück. Sie trocknete sich ihre Hände an einem der dicken Stoffküchentücher ab und wollte das Fenster über der Spüle wieder schließen. Es wurde langsam zu kalt im Raum. Vielleicht war es aber auch ein Reflex, etwas zu tun haben zu wollen, wenn er in ihrer Nähe war, weil dann eine gewisse Anspannung im Raum lag. Das Problem war nur, dass es ihr meist schwerfiel, das Fenster zu schließen. Es lag recht hoch und normalerweise kletterte sie ein Stück auf die Arbeitsfläche, um es zu schließen, was sie jetzt nicht tun wollte, weil eben er neben ihr stand und sie, dem Anlass entsprechend, ein kurzes Etuikleid trug.

»Warten Sie! Ich helfe Ihnen.« Der Inspektor lehnte sich zu ihr. Problemlos, was kein Wunder war bei seiner Statur, schloss er das Fenster für sie. Dabei kam er Elsy kurz nahe. So nahe, dass sie seine Wärme wahrnahm und noch etwas. Ein Geruch stieg ihr in die Nase. Es war eine Mischung aus Pfefferminze …, Zimt und noch etwas, das sie kannte. Es war ein Duft, der sie an eine Seife oder eine Creme erinnerte. Ein Geruch, den sie aus ihrer Kindheit kannte, aber gerade nicht festmachen konnte. Das war interessant. Der Mann roch so, als hätte er sich gerade die Zähne geputzt und dabei eine Duftkerze mit Zimtaroma im Raum angehabt. Wobei diese Vorstellung ziemlich lächerlich war, da Inspektor Quinn sicherlich nicht der Typ für Duftkerzen war. Elsy sah ihn prüfend an, sie wusste nicht, was er für ein Typ Mann war. Zudem wusste sie immer noch nicht, was ihn hierher, in ihr kleines Reich, geführt hatte. Da der Inspektor bislang nicht mit der Sprache rausgerückt war, sondern vielmehr damit beschäftigt war, erst sie und dann die Küche kritisch zu mustern, hakte sie nach, »Also … was kann ich für Sie tun, Inspektor?«

Inspektor Quinns Aufmerksamkeit richtete sich nun wieder auf sie. Seine Antwort hätte nicht verwunderlicher ausfallen können: »Das Dessert, der Lemon-Raspberry-Cake, war wirklich gut. Ich hätte gerne Ihr Rezept. Sofern Sie bereit sind, es mir zu verraten.« Er setzte ein Lächeln auf, was Elsy leicht aus der Fassung brachte. Gerade, weiße Zähne blitzten ihr entgegen. Sein Lächeln war perfekt. – Vermutlich waren dafür zahlreiche kieferorthopädische Sitzungen notwendig gewesen. Nur ein Eckzahn stand leicht schief, was der Perfektion jedoch keinen Abbruch tat.

Elsy war für den Moment verwirrt, verwundert, bis sich Ungläubigkeit in ihre Gedanken schlich. Was war das hier? Ihre Küche war ihr Reich, ihr Rückzugsort. Was wollte er hier? Außerdem rückte er ihr viel zu dicht auf die Pelle. Und jetzt fragte er noch nach einem Rezept. Als wenn *der* Mann backen würde. Und was sollte dieses 3000-Watt-Lächeln!?

Elsy Moore war vieles, aber nicht dumm. Sie kniff ihre Augen zusammen und wartete.

Da der Inspektor genauso gut starren konnte und sie ihr Pokerface nur wenige Sekunden aufrechterhalten konnte, wusste sie schnell, sie musste sich eine andere Taktik überlegen. »Auch wenn ich kaum glauben kann, dass Sie gerne backen, geschweige denn Torten, können Sie das Rezept gerne haben. Vorausgesetzt …, Sie verraten mir, was Sie wirklich wollen.«

»Das war beleidigend und unhöflich. Und eine Erpressung«, stellte er trocken fest. Gekränkt, schien er nicht zu sein.

»Meinen Sie nicht, es ist vielmehr eine Beleidigung, dass Sie denken, dass ich Ihnen abkaufe, dass Sie nur wegen dem Rezept gekommen sind. Sie wollen mich aushorchen! Sie wollen wissen, ob mir noch etwas eingefallen ist und vor allem wollen Sie wissen, was ich im Dorf gehört habe, weil Sie wissen, dass die Leute mir Dinge erzählen. Und darüber hinaus, wenn ich so vermessen sein darf, Sie wollen wissen, was meine Schlussfolgerungen daraus sind.«

»Nicht ganz. Aber, wo wir gerade davon sprechen. Bitte, tun Sie sich keinen Zwang an.« Der Inspektor wirkte belustigt und interessiert zugleich.

Obgleich Elsy wusste, dass sie nachgab, wenn sie antwortete, wollte sie ihm von ihren Gedanken zum Mord berichten. Und vielleicht konnte sie ihm so auch ein paar Informationen entlocken. »Im Dorf gibt es natürlich die wildesten Theorien, aber nichts davon erscheint plausibel. Was mich allerdings verwundert hat, dass niemand die Schüsse gehört hat. – Keine Sorge, ich habe niemandem erzählt, wie er ermordet wurde. – Aber niemand hat etwas gehört. Niemand hat von Schüssen gesprochen. Ergo niemand hat die Schüsse gehört. Die Frage ist natürlich, wann er ermordet wurde. War es nachts? Haben die Leute geschlafen und deshalb nichts mitbekommen? Oder hat der Mörder einen Schalldämpfer benutzt?«

Mittlerweile hatte sich Elsy an den langen Arbeitstisch gelehnt, sie saß halb darauf. Inspektor Quinn lehnte ihr gegenüber an einem Schrank. Als er keine Anstalten machte, auf ihre Ausführungen einzugehen, sprach sie weiter. Einen dramatischen Seufzer vorab konnte sie sich nicht verkneifen. »Eine weitere Beobachtung, die mich nicht zur Ruhe kommen lässt, ist, offensichtlicher Weise, die Teetasse.«

»Die Teetasse?«, echote Inspektor Quinn fragend, auf eine zweifelnde Weise.

Elsy wollte gerade weiterreden, als ihr klar wurde, dass der Inspektor keinen blassen Schimmer hatte, von was sie sprach. »Nicht Ihr Ernst! Der Forensik muss doch aufgefallen sein, dass ein Stück der zerbrochenen Tasse am Boden gefehlt hat. Oder haben Sie alle Teile wiedergefunden?«

Inspektor Quinn wirkte mit einem Male unzufrieden und, wenn sich Elsy nicht täuschte, für einen flüchtigen Moment auch verunsichert. Er verlagerte sein Gewicht von dem einen auf das andere Bein und schaute Elsy ernst an. »Erklären Sie es mir!«

»Am Boden lag doch die zerbrochene Tasse. Als ich sie mir angeschaut habe, ist mir sofort aufgefallen, dass ein oder mehrere Teile fehlen. Ich hatte mich umgesehen – natürlich ohne etwas zu berühren oder weitere Fußabdrücke zu produzieren –, aber das fehlende Stück konnte ich nicht entdecken. Sie sollten sich also fragen, ob die Forensik alle Teile gefunden hat und man die Tasse wieder zusammensetzen kann. Weil, wenn nicht, würde ich vermuten, dass der Mörder das Stück mitgenommen hat. Das machen manche Mörder doch, oder …? Zudem haben wir ja auch noch die eingeritzten Linien auf dem Tisch, die ganz frisch waren. Was wäre, wenn der Mörder mit einem Splitter der Teetasse die Zeichen in den Tisch geritzt hat?« Elsy grinste schelmisch, sie war mit ihren Schlussfolgerungen sichtlich zufrieden.

»Ich muss zugeben, darüber hatte ich noch nicht nachgedacht ... Nur, was hätte der Mörder davon? Was will er mit einem Porzellansplitter?«, sprach der Inspektor mehr zu sich selbst und rieb sich nachdenklich das Kinn.

»Vielleicht hat er eine Teetassen-Obsession«, erwiderte Elsy mehr im Spaß als im Ernst.

»Eine was?«

»Eine Teetassen-Obsession. Eine Leidenschaft für feines englisches Porzellan. So wie unser guter alter Josef. – Oh, fuck! Nein, nein, vergessen Sie, was ich gesagt habe! Josef, nein. Josef würde so etwas *nie* tun.«

»Danke, Miss Moore. Das war ... aufschlussreich.« Inspektor Quinn nickte und lächelte zufrieden. Sogleich stieß er sich vom Schrank ab und machte Anstalten zu gehen.

»Nein, nein, nein. Sie dürfen jetzt nicht gehen.« Wie von selbst, griff eine ihrer Hände nach ihm, sie musste ihn aufhalten.

»Miss Moore!« Der Inspektor klang tadelnd, schaute aber amüsiert auf die kleine Hand, die auf seinem Arm lag.

Elsy folgte seinem Blick. Oh mein Gott, was tat sie da? Ihre Hand hielt den Inspektor am Oberarm fest – an einem wohlgemerkt sehr muskulösen Oberarm. Erschrocken zog sie ihre Hand zurück. »Entschuldigen Sie! Das war ... unangemessen. Aber bitte, hören Sie! Josef ist ein herzensguter Mensch. Er —«

»Auch gute Menschen tun böse Dinge«, unterbrach er sie geduldig.

»Ja, das mag sein. Aber Josef ist auch ein intelligenter Mann. Und ein intelligenter Mensch, der einen Mord begeht, würde doch nicht Brotkrumen sähen, die zu ihm selbst führen. Jeder im Dorf weiß, dass er beschädigtes Porzellan reparieren kann. Es könnte vielmehr ein Versuch sein, es ihm anzuhängen.«

»Miss Moore, entspannen Sie sich. Sie tun ja gerade so, als hätte ich mein Urteil schon gefällt. Und nichts dergleichen ist geschehen. Sie können beruhigt sein.« Der Inspektor wirkte ehrlich.

»Gut ... Dann bin ich zufrieden«, seufzte sie. Elsy war nervlich am Ende. Gott, sie hatte gerade insgeheim Josef beschuldigt. Und das war etwas, was sie auf keinen Fall gewollt hatte. Elsy war übel. In ihren Adern tanzten tausende Ameisen. Sie war bestimmt unterzuckert. Die Aufregung hatte vermutlich ihren Blutzuckerspiegel ins Bodenlose sinken lassen. Sie brauchte Zucker. Cookies, um genau zu sein. Sie griff nach der Keksdose auf der nahe liegenden Anrichte und nachdem der Inspektor ablehnte, griff sie zu.

Kekse konnten wahre Wunder vollbringen. Schon nach dem ersten Bissen spürte Elsy, wie der Zucker durch ihre Adern schoss, und sie fühlte sich gleich besser.

Interessiert beobachtete Inspektor Quinn, wie Elsy blitzschnell zwei große Cookies verputzte. »Bevor Sie mir hier gleich ins Zuckerkoma fallen, bekomme ich noch das Rezept? Von der Torte?«

Nicht nur ihre Laune hatte sich durch die Cookies verbessert, auch ihre Schlagfertigkeit war zurückgekehrt. Sie holte Stift und Papier aus einer der Schubladen und legte beides vor ihn auf den Tisch. Auch wenn sie sich ein wenig kindisch vorkam, sie konnte nicht anders als breit grinsen. »Ohne Fleiß, keinen Preis, Herr Inspektor. Ich diktiere. Sie schreiben!«

4

Elsy Moore hatte nicht wirklich einen grünen Daumen, aber sie gab sich Mühe, dass Freds prächtiger Garten hinter dem Herrenhaus immer gepflegt aussah. Und Fred war zufrieden und das war alles, was zählte. Für den großen Park ringsum bestellten sie mehrfach im Jahr einen Landschaftsgärtner. Dort gab es immer etwas zu tun.

Da es Spätsommer war, begonnen Blüten und Blätter zu welken. Es gab einige Pflanzen, die zurückgeschnitten werden mussten. Der Boden war ein trauriges Meer aus verdorrten Blütenblättern und Elsy musste mehrmals in der Woche die Terrasse fegen und den Rasen mit einem Rechen befreien.

Der Garten erstreckte sich über die gesamte Rückseite des Hauses. Egal, aus welcher Tür man trat, man setzte stets direkt einen Schritt in den Garten. Kam man von den seitlicher gelegenen Türen, so betrat man lediglich einen schmalen Streifen Terrasse, dahinter lagen Rasen und vereinzelt Rosenbüsche.

Es waren alte, englische Rosensorten, die herrlich dufteten, wenn sie blühten. Eine roch besser als die andere. Manche Rose roch süßlich nach reifen, saftigen Pfirsichen, eine andere verströmte einen schweren, sinnlichen Duft mit einem Hauch von Gewürz. Elsy konnte sich kaum entscheiden, welche ihre Lieblingsrose war.

Betrat man den Garten durch die Flügeltüren des Wohnzimmers oder des Salons, so breitete sich vor einem eine weitläufige Terrasse mit wunderschönen, alten Gartenmöbeln aus. Gesäumt von Rasen, schmalen Kieswegen, die zu kleinen Blumenbeeten führten, und Ranken, die an freistehenden Holzpaneelen wuchsen, die wie kleine Raumtrenner fungierten, wirkte der Garten verwunschen. Dahinter erstreckte sich ein großer Park mit Wiesen und großen, knochigen Bäumen. Hier und dort standen Holzbänke im Schatten der Bäume, auf denen man sich im Sommer ausruhen konnte. Zahlreiche Büsche und Sträucher wie Wiesenraute, Hortensien, Schlitz-Ahorn und Schlehenbüsche zauberten farbenfrohe Glanzpunkte in das Weite des Grüns. Freds Grundstück war so groß, dass man kaum die Grenzen davon sah. Und es gab eine klar definierte Grenze. Freds Grundstück war von einem hohen, robusten Metallzaun umgeben. Fred hatte einmal gesagt, er brauchte diesen Schutz.

Als Elsy nun zum Herrenhaus aufblickte, erinnerte sie sich an ihren ersten Tag hier. Damals war sie gar nicht mehr aus dem Staunen herausgekommen. Das Herrenhaus war ein zweistöckiges Gebäude aus grauem Kalkstein. Für ein Herrenhaus fiel es recht klein aus, aber da nur Fred es bewohnte, reichte es völlig. Einige Räume standen sogar leer. Mit zahlreichen Kaminen, Erkerfenstern und Ranken an der Fassade wirkte es, wie der Garten, verwunschen.

Stricktony Hall war ihr Zuhause geworden. Auch wenn sie selbst nicht darin wohnte. Fred stellte ihr ein kleines Haus am Rande des Parks nahe gelegen des Eingangstors zur Verfügung. Es war ein winziges Haus mit gerade mal sechzig Quadratmetern. Vor sehr vielen Jahren hatte es als Pförtnerhaus gedient. Heute war es umgebaut und renoviert, seinen alten Charme hatte es beibehalten. Dort war Elsy angekommen. Hier fand sie vor zwei Jahren Ruhe und Frieden, nachdem sie eine Veränderung in ihrem Leben dringend benötigt hatte.

So in Nostalgie versunken, brauchte Elsy einen Moment, bis sie erkannte, dass ihr Handy sie auf eine eingegangene Nachricht aufmerksam machte. Manchmal wusste Elsy nicht, ob ihr das künstliche Gläserklirren gefiel oder sie nervte. Elsy zog ihre Gartenhandschuhe aus und schaute nach.

Ihre Freundin Imelda hatte ihr geschrieben. Es waren gleich mehrere Nachrichten.

Imelda: Du wirst es nicht glauben!
Imelda: Josef ist verhaftet worden!!!

Elsy konnte es nicht glauben. Ihr fehlten die Worte. Es war lächerlich, Josef in Betracht zu ziehen.

Unverzüglich tippte sie: Nicht dein Ernst!

Imelda: Ich korrigiere mich. Er ist nicht verhaftet worden. Er wurde lediglich für eine Befragung aufs Revier gebeten.

Elsy: Wo bist du?

Imelda: IM LADEN
Imelda: Er ist gerade mitgenommen worden. Ich stand quasi daneben ...

Okay, wenn Imelda Großbuchstaben tippte, war selbst sie aufgeregt, und das kam selten vor. Imelda James war eine harte Nuss.

Imelda: Sorry, muss Schluss machen. Frances hat, glaube ich, gerade einen Nervenzusammenbruch.

Die arme Frances ... Elsy konnte und wollte nicht glauben, dass dies wirklich gerade geschah.

Elsy: Okay. Mach's gut. Bis später.

Etwas Besseres fiel ihr auf die Schnelle nicht ein. Sie war im wahrsten Sinne des Wortes sprachlos. Ihr schossen so viele Gedanken gleichzeitig durch den Kopf.

Mit einem Mal zog ein kräftiger, kühler Wind über das Land. Blätter am Boden wehten auf und die in den Bäumen raschelten laut auf. Elsy atmete die kühle Luft tief ein und schaute gedankenverloren in den grauen, wolkenverhangenen Himmel.

Die arme Frances. Sie war ein so ruhiger, verschlossener Mensch. Jo war ihre Stütze, ohne ihn fühlte sie sich vermutlich verloren.

Warum zum Teufel musste Inspektor Quinn ihn abholen lassen? Elsy hatte gestern Abend nach ihrem Gespräch schon die dumpfe Ahnung gehabt, dass er ihn befragen würde, aber hätte man die Befragung nicht einfach bei ihnen zu Hause durchführen können. Warum eine solche Dramatik? Und glaubte er vielleicht doch an seine Schuld? Also, wenn das ihre einzige Spur war … Das wäre einfach nur lausig!

Und Imelda … Die Arme. – Nein! Nein, Imelda war ein Fels in der Brandung, sie würde sich gut um Frances kümmern und später gelassen ihren weiteren Beschäftigungen nachgehen.

Imelda James war Anfang fünfzig und, wie Elsy sie gerne beschrieb, eine Granate, und zwar innerlich wie äußerlich. Optisch sah sie aus wie eine moderne Marilyn Monroe. Aber das allein verschaffte ihr nicht diesen Titel. Imelda war schlau, nie um ein Wort verlegen, manchmal frech, immer gerade heraus und was das Wichtigste war, sie hatte das Herz am rechten Fleck. Sie war einfach ein guter Mensch und das wussten auch die Menschen im Dorf, weshalb sie sehr gemocht wurde. Das manche Männer des Dorfes diese Einschätzung nicht teilten, lag eigens und allein daran, dass sie sie insgeheim fürchteten. Nicht jeder kam mit einem losen Mundwerk zurecht. Nichtsdestotrotz, die Mehrheit der Dorfbewohner schätzte sie. Und nicht ohne Grund war sie Freds Verwalterin und darüber hinaus seine und Elsys engste Freundin. Häufig verabredeten sie sich zu einem gemeinsamen Frühstück oder Abendessen und sprachen über ihren Alltag.

Elsy hatte unversehens das Bedürfnis, ihrer Freundin mehr zu sagen als ein einfaches *Bis später,* und schrieb eine weitere Nachricht hinterher.

Elsy: Schreib mir bitte später! Ich will wissen, wie es dir geht und vor allem Frances. Hdl

Zu diesem Zeitpunkt ahnte Elsy noch nicht, dass sie an diesem Tag noch einige Nachrichten erhalten sollte. Es war weit nach fünf. Elsy räumte gerade die Überbleibsel des Fünfuhrtees, den Fred und sie immer in der Bibliothek einnahmen, zusammen. Fred war bereits wieder im Park unterwegs und unternahm einen kleinen Verdauungsspaziergang. Sie selbst wollte die Bibliothek aufräumen, die dortigen Regale abstauben und Feuerholz nachlegen. Die Abende wurden bereits kühler und da Fred gerne in der Bibliothek las, wollte sie, dass er es gemütlich hatte. Vor allem, da er häufig dabei einschlief. Erst kürzlich hatte sie ihn an einem Morgen schlafend in einem der Sessel erwischt. Er war beim Lesen eingeschlafen und hatte so die Nacht in der Bibliothek verbracht. Seine alten Knochen dankten es ihm wenig. Zwar hatte er sich nicht beklagt, aber in den darauffolgenden Tagen waren ihm Bewegungen schwergefallen und er hatte oft heimlich gestöhnt. Elsy hatte Mitleid mit ihm gehabt, besonders, da sie wusste, dass es auch ihr hätte passieren können.

Die Bibliothek war einer der gemütlichsten Orte im Herrenhaus. Elsy fühlte sich dort wie in einem Kokon fernab der übrigen Welt. Das dunkle Holz der Möbel, die unzähligen Bücher, der offene Kamin, all das hüllte sie in eine warme

Hülle von Geborgenheit. Elsy liebte den speziellen Geruch, der nur in diesem Raum zu finden war. Der schwere Duft war eine Mischung aus verbranntem Holz, das so manchen in der Nase kribbelte, Papier der teilweise jahrhundertealten Bücher, das allein nur muffig roch, und dem nussigen Holz der Bücherregale. Hätte Elsy den Duft in Flaschen füllen und verkaufen können, so vermutete sie, wäre sie längst Millionärin.

Unwirsch wurde sie aus ihren Träumereien gerissen. Eine Sirene tönte über das Land und ließ sie hellhörig werden.

Stricktony Hall lag etwa einen Kilometer vom Dorf entfernt. Es lag abgelegen, jedoch führte eine Landstraße ein Stück am Rande des Parks entlang. Die Landstraße verband Stricktony mit mehreren nahe liegenden Dörfern. Wahrscheinlich war die Polizei auf dem Weg zu einem von ihnen. Nicht jedes Dorf besaß sein eigenes Polizeirevier. Das Polizeirevier in Stricktony war für mehrere Dörfer gleichzeitig verantwortlich. Dennoch hörte Elsy nicht oft Sirenen. In diesem Teil von Devon lag, wie man so schön sagte, der Hund begraben.

Kaum verstummten die Sirenen, schellte ihr Handy im Sound alter Wahltelefone. Was war jetzt schon wieder geschehen?

Imelda rief an.

Elsy nahm sofort ab: »Geht es dir gut?« Warum mit Begrüßungsfloskeln aufhalten, wenn es Wichtigeres gab.

»Hallo, Süße ...« Imeldas tiefe Stimme klang gehetzt. »Du wirst es nicht glauben!« Imelda schnaufte. »Es gab noch einen Mord.«

»Was!« Elsy traute ihren Ohren nicht.

»Gib mir einen Moment!« Imelda holte hörbar Luft.

Elsy wartete einen Augenblick, bis sie weiter nachfragte. Geduld war nicht gerade eine ihrer Stärken. »Bist du gerannt?«

»Zum Auto, ja. Ich wollte dir sofort berichten. Ich war gerade im Dorf unterwegs, als plötzlich der Inspektor und Marty aus dem Polizeirevier stürmten. Also so habe ich den Inspektor noch nie gesehen. Er sah fast ein bisschen derangiert aus. Wie dem auch sei ... Sie sprangen förmlich ins Auto und rasten in einem Tempo los ... Frag nicht! Jedenfalls telefonierte der Inspektor und ich bekam, weil ich praktisch neben ihm stand, einige Wortfetzen mit. Er sprach von einem weiteren Mord in Broktony. Es ging darum, den Tatort zu sichern und den Zeugen zu verhören. Meinst du, die Morde haben etwas miteinander zu tun?« Imelda wusste, was Elsy über den ersten Mord wusste. Schließlich waren sie beste Freunde und vertrauten sich. Wenn Elsy es jemandem verraten konnte, dann ihr. Und Fred. Er wusste natürlich auch Bescheid.

»Imelda James, du neugieriges Stück. Woher soll ich das wissen. Ohne weitere Details ...«

»Du hast vollkommen recht. Ich bin überdreht. Ich hatte zwei Tassen Kaffee in Jos Laden, als ich auf Tippi gewartet habe.« Tippi, so wusste Elsy, war eine gute Freundin von Frances.

»Wie geht es Frances?«

»Oh, es war schrecklich. Frances war so aufgebracht. Josef sagte ihr noch, sie solle sich nicht so aufregen, aber nachdem er fort war, wurde sie kurz ohnmächtig. Zum Glück saß sie. Ich stand neben ihr, als es passierte. Ich habe ihre Wange getätschelt und gleich darauf wurde sie wieder wach. Ich habe ihr ein Wasser gebracht und dann sofort Tippi angerufen. Von einem Arzt wollte sie nichts hören. Als Tippi dann endlich kam, war Frances furchtbar müde. Sie hat sich hingelegt. Tippi ist bei ihr geblieben, also konnte ich los.«

»Und wie geht es dir?«

»Du kennst mich. So etwas wirft mich nicht aus der Bahn. Mir geht es gut.«

»Das ist gut. Sehen wir uns dann morgen früh?«

»Morgen, acht Uhr. Ich lasse mir doch nicht dein Frühstück entgehen. Und dann plaudern wir ein wenig über die aktuellen Ereignisse. Wer weiß, vielleicht wissen wir bis dahin schon mehr.«

Elsy hörte die Neugierde und Aufregung in der Stimme ihrer Freundin und verabschiedete sich lächelnd und mit einem Kopfschütteln zugleich. Auch sie war neugierig, das musste sie sich eingestehen, aber immerhin war ein weiterer Mord geschehen. Ein oder mehr Mörder liefen frei herum. Elsy kam darüber ins Grübeln. Das, was Imelda ihr gerade erzählt hatte, war überaus interessant gewesen. Sie setzte sich in den Ohrensessel, ihren Lieblingssessel, der Teil einer Sitzgruppe vor dem Kamin war, und dachte augenblicklich an Josef. War Josef noch immer auf dem Revier? Denn wenn und der Mord war gerade eben erst geschehen, wäre er automatisch entlastet. Sofern die Morde zusammenhingen. Das wussten sie schließlich nicht. So oder so, interessant war auch, dass es einen Zeugen für diesen Mord gab. Die Frage war nur, ob ein Zeuge hieß, dass dieser den Mord beobachtet hatte, oder die Person, wie sie selbst, das Opfer nur fand. Elsy wünschte sich Antworten, um Josefs Willen und wie sie sich eingestehen musste, auch weil sie neugierig war und sich insgeheim wünschte, selbst etwas tun zu können. Vielleicht war es, weil sie Mr Hide gefunden, sie das Unrecht mit eigenen Augen gesehen hatte.

5

Jeden Morgen in einem herrschaftlichen Salon zu frühstü-
cken, hatte schon was. Der Salon, in dem auch die Dienstag-
abendgesellschaften stattfanden, war in Creme, Moosgrün
und Gold gehalten. Alter Stuck und ein imposanter Kronleuchter zierten den Raum an der Decke, an den Wänden in
sich fein gemusterte Tapeten und Holzvertäfelungen. Ein
dunkler Eichenboden, ein handgewebter Teppich und dunkle
Möbel aus Nussholz verliehen dem Raum weiteren Glanz.
Durch die Flügeltüren, die in den Garten führten, schien viel
Tageslicht in den Raum, das ihn hell und freundlich wirken
ließ. Zentrum des Salons war der Esstisch, an dem bis zu
zwölf Personen Platz fanden.

Hier saßen Fred und Elsy jeden Morgen. Fred vor Kopf,
Elsy zu seiner Seite.

Vor ihnen war das Donnerstags-Frühstück aufgebaut. Immer donnerstags kam Imelda zum Frühstück. Es war besonders, nicht jeden Tag gab es solch ein opulentes Frühstück.
Es gab getoastetes, dunkles Brot, selbstgemachte Aufstriche,
Eiersalat und Konfitüren, insbesondere Brombeerkonfitüre,
die Fred am allerliebsten mochte. Aufgeschnittenes Obst und
frische Tomaten aus dem Garten durften auch nicht fehlen.
Kleine Pfannkuchen, Rührei und knusprig gebratener Speck
waren unter Warmhalteglocken versteckt. Diejenigen, die
Fred nicht kannten, mutmaßten oft, er würde jeden Tag von
teurem Porzellan speisen. Sie lagen falsch, denn Fred hatte
die Welt bereist und die Liebe zur portugiesischen Keramik
entdeckt. Nur für besondere Anlässe holte Elsy das alte, eng-

lische Porzellan aus dem Schrank und polierte das Silberbesteck.

Da sich Imelda um einige Minuten verspäten sollte, warteten die beiden auf sie. Sie gönnten sich lediglich schon eine Tasse Tee.

Elsy sah hinaus und beobachtete die graue Wolkendecke am Himmel. Es regnete. Sie dachte über die Ereignisse der letzten Tage nach und über den Zeitungsbericht der Hoktony Gazette, den sie bereits gelesen hatte und nun Fred las.

Der Teetassenmörder hat wieder zugeschlagen – Callum Brown tot aufgefunden, lautete die Schlagzeile der Tageszeitung von Hoktony.

Hoktony war eine kleine Stadt in der Nähe zu Stricktony. Die Hoktony Gazette war die Tageszeitung aller angrenzenden Dörfer, somit auch die von Elsys Dorf.

Ein Knurren und leises Bellen ließ Elsy aufmerksam werden. Demon, der zu Freds Füßen lag, träumte im Schlaf. Sein struppiges Fell stand mal wieder in alle Richtungen. Egal, wie häufig Elsy ihn bürstete, er sah immer zauselig aus. Da Demon auf der Seite lag, bewegten sich seine Vorderläufe in der Luft, als würde er im Traum rennen, und ab und an zog er seine Lefzen nach oben, als knurrte er einen Feind an. Schon oft hatte Elsy dieses Phänomen bei Demon beobachtet. Manchmal wachte Demon sogar von seinem eigenen Gebell auf. Und das war einfach nur süß, weil er dann mit blinzelnden Augen und ganz zerstreut durch die Gegend schaute und erst einmal realisieren musste, wo er sich eigentlich befand.

Fred hingegen hatte sich nicht ablenken lassen und las noch immer. Er kniff die Augen hinter seiner Nickelbrille zusammen, um besser sehen zu können. Er musste dringend zum Augenarzt. Der Mann war über siebzig und las oft am Kamin im Dämmerlicht. Bestimmt brauchte er neue Gläser. Elsy notierte sich im Geiste das To-do: Augenarzttermin vereinbaren. Mit seinen zweiundsiebzig Jahren war Fred ein rüstiger Mann. Er war groß, schlank, mit weißen Haaren und gebräunter Haut, da er häufig lange Spaziergänge im Park machte. Seine Kleidung war immer gleich: Stoffhose, kariertes Hemd, Strickpullunder. Man hätte nun meinen können, dass er verstaubt aussah, aber an ihm sah es modisch aus. Er war ein attraktiver Mann, vielleicht auch deshalb waren die Klatschbasen des Dorfes so hartnäckig, Neuigkeiten über ihn zu erfahren.

Trotz des ganzen Klatschs schätzte Fred die meisten Dorfbewohner. Während der Dienstagabend-Gesellschaften unterhielt er sie gern und oft mit alten Geschichten. Richtig Privates behielt er jedoch für sich. Imelda und Elsy wussten manches, aber nicht vieles, da war er eigen. Was sie wussten, er hatte sein Leben lang hart gearbeitet. Seine Familie hinterließ ihm zwar den Titel, das Land und das Herrenhaus. Aber das Haus war heruntergekommen und die Felder galten als unbrauchbar. Seine Familie war zuletzt arm wie Kirchenmäuse gewesen. Doch Fred, so jung, wie er damals gewesen war, als seine Eltern verstarben, hatte nicht aufgegeben. Er hatte die Ärmel hochgekrempelt, mit Hilfe benachbarter Bauern die Felder bestellt und sich nach und nach ein Leben aufgebaut. Erst, als er eine gewisse finanzielle Sicherheit hatte, begann er zu reisen. Reisen war sein Liebstes. Und er hatte das Herrenhaus renoviert. Mit dem Alter verpachtete er zunehmend sein Land an befreundete Bauern zu einem guten Preis. Imelda half ihm dabei. Für eine eigene Familie hatte er, so wie er sagte, nie Zeit gehabt. – Die eine oder andere Liebelei wurde ihm dennoch nachgesagt. – Die einzigen Verwandten, die er noch hatte, lebten weit entfernt in Übersee, mit ihnen hielt er lediglich E-Mail-Kontakt. Hier in England war er allein.

Nun blickte er auf. »Elsy, meine Liebe, du hast völlig recht. Zwei Morde in so kurzer Zeit … Es ist besorgniserregend.«

»Und das ist nicht das einzig Besorgniserregende. Woher zum Teufel hat die Presse die ganzen Informationen? Vom ersten Mord war, wie wir zumindest bislang dachten, nichts zur Presse durchgesickert. Aber jetzt, jegliche Details des zweiten Mordes wurden der Öffentlichkeit preisgegeben. Der Ort, die Uhrzeit, die Waffe. Selbst über die kaputte Teetasse und die eingeritzten Zeichen wurde berichtet. Darüber hinaus konnte der Reporter eine Verbindung zum ersten Mord herstellen. Und das bedeutet, er kannte auch Details des ersten Mordes, ergo es ist doch etwas durchgesickert. Es muss so sein. Wie wären sie sonst auch auf diesen bescheuerten Titel gekommen: *Der Teetassenmörder*.« Elsy schüttelte den Kopf und wollte gerade zu einer weiteren Schimpftirade über die Presse ansetzen, als Demon freudig aufheulte. Er war wach und kündigte ihren Besuch an. Elsy musste Demon unter dem Tisch nur einen kurzen Blick zu werfen, um ihm zu verstehen zu geben, dass er nicht bellen sollte, wenn Besuch kam. Er wusste es im Grunde, nur bei Imelda freute er sich einfach zu sehr.

Fred, ganz Gentlemen, stand auf und kam ihr entgegen. »Imelda, meine Schöne!«

Ja, genau. Elsy war *die Liebe*, Imelda *die Schöne*. Aber wer hätte es Fred verdenken können, Imelda war wirklich eine schöne und dazu elegante Frau.

Er geleitete Imelda zu ihrem Platz an seiner noch freien Seite und half ihr mit dem Stuhl.

»Guten Morgen, Elsy«, begrüßte Imelda ihre Freundin mit ihrer tiefen, samtigen Stimme und schickte ihr einen Luftkuss.

Elsy zwinkerte ihr zu. »Guten Morgen, meine Schöne. Darf ich dir eine Tasse Tee einschenken?«

»Sei nicht albern. Das bedarf keiner Frage«, spaßte Imelda.

Ohnehin hatte Elsy keiner Aufforderung bedarf, sondern

goss bereits ein. Auch die Warmhalteglocken nahm sie ab. »Bitte, bedient euch!«

Ein herzhaft duftender Dampf stieg auf, der jedem der Dreien Vorfreude auf das Gesicht zauberte.

Imelda begann und tat sich als Erste auf. Sie bevorzugte ein gänzlich herzhaftes Frühstück und nahm sich Rührei, Speck und geröstetes Brot.

Elsy beobachtete Imelda gerne. Wie elegant sie ihr Besteck benutzte. Wie gerade sie saß. Wie geschmackvoll ihre Kleidung war. Imelda trug vor allem und gerne weitgeschnittene Hosenanzüge. Sie bewunderte Imelda und auch wenn Elsy grundsätzlich kein neidischer Mensch war, beneidete sie Imelda um ihre samtige, dunkle Stimme. Welche Frau wollte nicht so klingen? Diese Stimme war eine Waffe, die Imelda gekonnt einsetzte. Umso überraschender war es für die meisten Menschen, wenn Imelda gelöst war und ihr loses Mundwerk zu Tage kam. Elsy liebte ihre gemeinsamen verbalen Schlagabtausche.

»Ach, im Übrigen …, ich habe Neuigkeiten.« Imelda legte eine dramatische Pause ein. Sie wusste, wie man Spannung erzeugte. »Wie ich durch einen meiner zahlreichen Kontakte erfahren habe, ist Jo nicht mehr verdächtig.«

»Das ist großartig!«, freute sich Elsy.

»Wie ihr wisst, ist der gestrige Mord um circa siebzehn Uhr verübt worden.« Imelda deutete auf die Zeitung. »Und zu dieser Zeit saß Jo noch auf dem Revier. Er wartete darauf, dass die Befragung zu Ende geführt wurde. Er kann den Mord folglich nicht begangen haben. Und da beide Morde anscheinend zusammenhängen, ist er kein Verdächtiger mehr.«

»Das sind gute Neuigkeiten«, stimmte Fred mit ein. Voller Vorfreude nahm er sich von den kleinen Pfannkuchen und der Brombeerkonfitüre.

»Und wem haben wir diese wunderbaren Neuigkeiten zu verdanken?«, hakte Elsy nach, sie hatte so eine Ahnung.

Imelda unterdrückte ein Schmunzeln, es blitzte nur ganz kurz auf.

»Marty? Der arme Kerl!« – Constable Marty Hall war noch jung, sehr jung, und wie alle wussten, schwärmte er schon lange für Imelda. – »Ich nehme an, du hast ihn umgarnt, etwas rumgesäuselt und ihm dann den Todesstoß versetzt, indem du ihm etwas zu sehr auf die Pelle gerückt bist? Der Arme wusste wahrscheinlich gar nicht mehr, wo oben und unten ist, und hat dir alles erzählt, was du wissen wolltest.«

»Ich bin geschockt und beglückt gleichermaßen. Du kennst mich einfach zu gut. Eine Korrektur an deinen Überlegungen habe ich allerdings. Natürlich bin ich ihm *nicht* auf die Pelle gerückt. Das wäre gemein. Und, na ja, auch ein wenig geschmacklos.«

»Und wie geht es Josef nach dieser Tortur?«, wollte Fred wissen, der sich nie an dem Schlagabtausch der Frauen beteiligte, sondern sie nur vergnügt beäugte.

»Josef geht es gut. Ich hatte kurz bei ihm vorbeigeschaut. Deshalb habe ich mich auch verspätet. Josef ist zu Hause und ruht sich aus, aber vor allem kümmert er sich um Frances. Sie hat das Ganze doch sehr mitgenommen. Josef selbst ist recht gelassen. Er meinte, die Polizei hätte nur ihre Arbeit gemacht und das könnte er ihnen wohl kaum verübeln. Der Laden hat allerdings heute geschlossen. Morgen will er wieder öffnen.«

»Dann wird sich ja morgen das gesamte Dorf in Jos Laden versammeln«, flachste Elsy mit einem ernsten Unterton. Sie wusste, dass sie mit dieser Vermutung leider recht behalten würde, und Jo tat ihr jetzt schon leid. Leicht missmutig biss sie in ihr Brot. Elsy hatte sich für ihre Lieblingskombination:

getoastetes Brot, Frischkäse und Tomatenscheiben entscheiden, die sie jedoch gerade nicht wirklich genießen konnte.

»Armer Josef!« Fred verzog das Gesicht. Er mochte keine neugierigen Menschen, obgleich er so viel Selbsterkenntnis besaß, um von sich selbst zu wissen, dass er hin und wieder auch neugierig war. Und momentan besonders was die Morde anbelangte. »Diese Morde sind schon eine verzwickte Sache. Es wundert mich nicht, dass die Polizei im Dunkeln tappt.«

»Zwei Schüsse in die Brust, eine zerbrochene Teetasse und die eingeritzten Zeichen geben ja auch nicht viel her. Es sei denn, die Polizei weiß schon mehr über die Schusswaffe und deren Herkunft«, überlegte Imelda.

»Ich denke, die eingeritzten Zeichen verraten uns mehr«, mutmaßte Elsy. »Bei beiden Morden fand man sie frisch eingeritzt. Und mit Sicherheit stammen sie von den Scherben der Tassen. Das ist aber vermutlich nebensächlich. Wichtig ist, was sie uns sagen sollen.«

Fred und Imelda lauschten.

»Beim ersten Mord zeichnete der Mörder drei senkrechte Striche, von denen eine mit einer waagerechten Linie durchkreuzt wurde. Beim zweiten Mord gab es wieder drei senkrechte Linien, aber diesmal waren zwei der Linien waagerecht durchkreuzt. Ich denke, der Mörder plant insgesamt drei Morde. Drei senkrechte Linien. Drei Morde. Zwei Morde sind bereits geschehen und deshalb sind zwei der Linie durchgestrichen. Ein Mord steht uns demnach noch bevor.«

»Hör auf!« Imelda wollte es nicht glauben.

»Ich fürchte …, Elsy hat recht«, stimmte Fred zu.

»Ach kommt schon. Welcher Mörder warnt seine Opfer oder die Polizei?«, insistierte Imelda.

»Serienmörder legen nicht selten ein irrationales Verhalten an den Tag«, entgegnete Fred schulterzuckend.

»Es ist vermutlich weniger eine Warnung des nächsten Opfers als vielmehr Angstmache. Würde der Mörder die Polizei warnen wollen, könnte er vom nächsten Mord abgehalten werden. Das ist natürlich rein theoretisch möglich, zumal es sowas ja auch schon gegeben hat. Aber, wie Imelda schon sagte, eher unwahrscheinlich. Viel wahrscheinlicher ist, dass sich die Opfer untereinander kannten, beziehungsweise kennen. Der Mörder will mit dieser Art Warnung, dass die potentiellen Opfer bereits vorher leiden.«

Imelda schüttelte sich. »Eine gruselige und abartige Vorstellung. Und ich frage mich ernsthaft, wie du auf sowas kommst. Halt, ich weiß, dein Krimikonsum gehört eindeutig verboten. Aber …, ich muss zugeben, es klingt gar nicht so abwegig. Dann stellt sich mir allerdings die Frage, woher sie sich kannten und den Mörder. Was verbindet die drei Opfer, untereinander und mit dem Mörder? Und vor allem, was ist das Motiv des Mörders?«

»Fred, du kennst doch quasi jeden hier aus der Gegend. Callum Brown, sagt dir der Name was?«, wollte Elsy wissen.

»Der Name sagt mir sogar eine Menge. Callum Brown war früher ein sehr guter Schreiner gewesen und für seine Arbeit weit bekannt. Er verstand sein Handwerk.« Fred nickte anerkennend. »Er hat sogar Reparaturen hier in Stricktony Hall durchgeführt. Seit ein paar Jahren lebte er im Ruhestand.«

»Und kennst du eine Gemeinsamkeit von Jake Hide und Callum Brown?«, bohrte Elsy weiter.

»Beide waren in etwa gleich alt. Sie waren in meinem Alter. Und wenn ich mich recht erinnere, waren sie beide Waisen und sind im nahegelegenen Kinderheim groß geworden.«

»Also keine Verwandten?«, fragte Imelda.

»Vermutlich, nein. Hätten sie Verwandte gehabt, hätten diese sie doch aufgenommen und sie wären nicht im Kinderheim aufgewachsen«, schlussfolgerte Fred. »Eigene Kinder hatten beide, soweit ich weiß, auch nicht. Jake Hide war nie fest liiert und Callums Ehe blieb auch kinderlos. Seine Frau ist schon vor ein paar Jahren von uns gegangen.«

»Hm, das macht es nicht leichter. Wenn sie keine Familie hatten, können wir auch niemanden fragen«, grübelte Elsy.

»Fragen!«, echote Imelda. »Was heißt denn *fragen*? Willst du selbst ermitteln?« Imelda riss die Augen auf. Sie war erstaunt und begeistert zugleich.

»Hä, nein! – Ja! Aber ich meine nicht, ermitteln. Nur weil wir hier und dort Fragen stellen, heißt das ja nicht, dass wir *ermitteln*.«

»Ich stimme Elsy vollkommen zu. Wir sollten unsere eigenen Nachforschungen anstellen. Sollte es nicht unsere Bürgerpflicht sein, zu helfen. Einen Beitrag zu leisten zur Aufklärung der Morde oder zur Verhinderung eines weiteren.« Fred lächelte verschmitzt. »Und ich schlage vor, wir beginnen im Kinderheim. Das ist der einzige Ort, an dem wir mehr über beide erfahren können. Elsy, du fährst morgen hin!«

Elsy blinzelte überrascht. An Nachforschungen wie diese hatte sie wirklich nicht gedacht. Sie hatte nur überlegt, im Dorf die Ohren offen zu halten.

Imelda durchkreuzte ihre Gedanken. »Inspektor Q wird nicht begeistert sein. Umso mehr freut es mich, euch zu unterstützen, wo ich nur kann.«

»Inspektor Q?«, echote Elsy fragend.

»Inspektor Quinn klingt doch viel zu langweilig. So ein Mann braucht einen aufregenderen Namen.« Imelda kräuselte süffisant grinsend die Lippen.

Elsy hingegen rollte die Augen. »Was das Ego dieses Mannes ganz gewiss nicht braucht, ist ein aufregender Name.«

»Du schätzt ihn völlig falsch ein. William Quinn ist ein sehr netter Mann«, nahm Fred ihn in Schutz. – Ihn lud er am häufigsten zu seinen Dienstagabend-Gesellschaften ein. Er mochte ihn, das war offensichtlich.

»Ich sage ja auch nicht, dass er nicht nett sein kann, sondern dass er einfach ein Ego bis zum Mond hat und nicht auch noch Bestätigung bedarf.«

»Aber er ist verdammt sexy!«, konnte sich Imelda nicht verkneifen und biss mit erhobenen Augenbrauen genüsslich in eine Weintraube.

Fred hüstelte gespielt.

»Gott, dieses Gespräch geht gerade in eine vollkommen falsche Richtung! Also, wer begleitet mich morgen …«

6

Da weder Fred noch Imelda Zeit für diese besondere Art von Ausflug zum Kinderheim hatten, musste sich Elsy am nächsten Tag wohl oder übel allein auf den Weg machen.

Es war Freitagvormittag und Elsy war nach dem Frühstück noch einmal zu ihrem Haus zurückgekehrt, um sich umzuziehen.

Ihr winziges Haus lag umgeben von alten, knochigen Eichen und Buchen. Manche der Bäume hatten lange, quergewachsene, schnörkelige Äste, die in Richtung des Hauses wuchsen, und so wirkte es, als wollten die Bäume das Haus berühren. Elsy schien es immer so, als wollten sie das Haus beschützen. Sie selbst wusste natürlich, dass dies Quatsch war. Vielleicht war ihr der Gedanke auch nur gekommen, weil ihr Haus so weit ab vom Herrenhaus lag und sie sich insgeheim in manchen dunklen, windigen Nächten, in denen es draußen laut raschelte und aufheulte, Schutz wünschte. Ihr kleines Haus, das früher als Pförtnerhaus gedient hatte, lag am Rande von Freds Grundstück, genauer gesagt am Eingangstor des Anwesens. Dort entlang verlief die Landstraße, die Stricktony mit Broktony verband. Dahinter lag nichts, außer Wiesen, einer Heide und kleinen Wäldern.

Wie das Herrenhaus war auch ihr Häuschen aus Kalkstein gefertigt. Wilder Wein rankte hier und da die Außenwand empor. Im Herbst strahlten die dunkelroten Blätter des Weins um die Wette.

Das Haus an sich war recht klein. Es besaß eine kleine Küche im Landhausstil mit einer schmalen Abstellkammer, die Elsy bis unter die Decke vollgestellt hatte – Platz war eben Mangelware –, ein helles Bad mit Dusche, eine Badewanne wäre toll gewesen, hatte dort jedoch keinen Platz, ein Schlafzimmer, in das gerade mal Elsys Bett und Kleiderschrank passten, sowie ein geräumiges Wohnzimmer. Die Wände der Räume waren allesamt in cremefarbenen Tönen gestrichen. Das Wohnzimmer, Elsys Lieblingszimmer, war in der Farbe Nutella-Buttercreme gestrichen. Nicht dass die Farbe so hieß. Sie erinnerte Elsy nur genau daran. Im Wohnzimmer fand sich Platz für einen Esstisch, eine Couchgarnitur sowie einen kleinen Schreibtisch. Ringsum standen Bücherregale. Elsys absolutes Highlight war der offene Kamin, den sie zu jeder Jahreszeit benutzte, weil es einfach gemütlich war, vor dem offenen Feuer zu sitzen und zu lesen. Alles war in Creme, hellen Brauntönen und Taubenblau gehalten. Für ein altes Pförtnerhaus wirkte es frisch und gemütlich.

Elsy, die sich für den Anlass entsprechend eine dunkle Stoffhose und eine weiße Seidenbluse angezogen hatte, um seriöser zu wirken, suchte gerade ihre übrigen Sachen im Wohnzimmer zusammen. Sie suchte ihre Brille, die sie eigentlich den ganzen Tag über tragen sollte, jedoch meist nur zum Lesen und Autofahren aufsetzte. Sie tadelte häufig selbst ihr Verhalten, aber bislang hatte sie sich noch nicht umgewöhnen können. Elsy fand sie versteckt unter einem Buch auf der Couch.

Als sich Elsy nun so im Spiegel betrachtete, musste sie schmunzeln. Sie sah seriös und na ja, langweilig aus. Vermutlich war dies eine gute Kombination, um im Kinderheim Dinge herauszufinden. Sie fiel nicht großartig auf und wirkte vertrauenswürdig genug, dass jemand ihr vielleicht das eine oder andere verriet.

Insgeheim mochte Elsy dieses Outfit nicht wirklich an sich. Sie bevorzugte sportlich-schicke Kleidung, ein leichtes Make-up, das sie weniger blass wirken ließ, und flache Schuhe. Heute hatte sie etwas mehr Make-up aufgetragen und sie trug ihre langen, braunen Haare offen. Normalerweise trug sie einen Zopf, da es für ihre Arbeit praktischer war.

Nun da sie fertig war, schlüpfte sie in ihre Pumps, die sie aus der hinterletzten Ecke ihres Schuhschranks befreit hatte, und verließ das Haus.

Die Autofahrt zum Kinderheim dauerte eine knappe Dreiviertelstunde. Elsy nutzte die Zeit, um sich auf ihr kommendes Schauspieldebüt vorzubereiten. Noch nie musste Elsy eine andere als sich selbst verkörpern. Fred hatte die Idee gehabt, sich als Privatdetektivin auszugeben. Elsy bezweifelte, dass die Menschen ihr deshalb mehr verrieten, aber etwas Besseres war ihr auch nicht eingefallen.

Elsy sprach laut mit sich selbst, um sich auf die Rolle einzustimmen. Wäre Demon dabei gewesen, hätte sie wenigstens ein Gegenüber gehabt. Heute war er allerdings bei Fred geblieben. Normalerweise fuhr Demon immer mit, er hatte einen festen Platz im Fußraum ihres Beifahrersitzes. Aber ein Hund wäre zu auffällig, selbst im Wagen. Sie wollte rein ins Kinderheim, unauffällig fragen und wieder raus. Und zwar so, dass sich niemand an sie erinnerte. Elsy wollte sich nicht ausmalen, was passierte, wenn die Polizei spitzbekam, dass sie selbst Nachforschungen anstellte.

Das Kinderheim war schon von weitem zu sehen. Es war eine alte, mehrstöckige Villa aus rotem Backstein, die in der grünen Landschaft sofort ins Auge fiel. Die Villa stand abgelegen, umgeben von Wiesen und Wäldern. Das nächste Dorf, Broktony, aus dessen Richtung Elsy gekommen war, lag mehr als fünfzehn Autominuten entfernt.

Je näher Elsy dem Gebäude kam, desto imposanter wirkte es. Aber es wirkte auch freundlich. An vielen Fenstern hingen bunte Bilder aus Papier. Auf manche Scheiben hatten die Kinder direkt mit Farbe gemalt. Gleich neben dem Gebäude lag ein Spielplatz, weiter entfernt ein Sportplatz, vermutlich für die dazugehörige Schule. Es war ruhig draußen, die Kinder hatten wahrscheinlich gerade Unterricht.

Elsy parkte ihren kleinen, weißen Corsa auf dem Besucherparkplatz direkt vor dem Eingang und stieg aus.

Genau in diesem Moment wusste sie wieder, warum sie Stöckelschuhe hasste. Der Boden des Parkplatzes war aus Kies. Pfennigabsätze und Kies, tja, das war doch die perfekte Kombination, um sich vor aller Welt lächerlich zu machen! Elsy fühlte sich albern bei ihrem Eiertanz Richtung Eingang. Hoffentlich sah sie niemand. Sie wirkte bestimmt sehr professionell mit ihrem Auftritt. Am liebsten hätte sie ihre Schuhe ausgezogen und in irgendeine Ecke geschleudert und dort verrotten lassen. Stöckelschuhe waren einfach ätzend.

Endlich mit festem Boden unter den Füßen, atmete sie auf. Sie richtete ihre Kleidung, die durch ihren Balanceakt verrutscht war, und straffte die Schultern. Ihr Auftritt war gekommen.

Als Elsy durch die große, doppelseitige Eingangstür die Villa betrat, kam sie aus dem Staunen nicht mehr heraus. Vor ihr eröffnete sich eine riesige Eingangshalle vergangener Zeit. Hohe, stuckverzierte Decken, Holzvertäfelungen, ein in sich gemusterter Fliesenboden und eine imposante Steintreppe, die in die nächste Etage führte, zierten den Raum. Zugegeben, alles wirkte in die Jahre gekommen und es roch auch ein bisschen modrig – ein typischer Geruch, den man in vielen alten Häusern vorfand –, aber Elsy spürte noch den Glanz der vergangenen Tage. Bestimmt hatte hier mal ein gewisser Lord von und zu herrschaftlich gelebt.

Elsy ging weiter und erblickte sogleich den Empfang. Dieser stand im krassen Gegensatz zum alten Prunk. Schlichte, weiße Büromöbel dienten ihrem Zweck. Sie fühlte sich wie in einer Arztpraxis. Alles war funktionell eingerichtet.

Elsy stellte sich an den Tresen und wartete darauf, begrüßt

zu werden. Sie war ein wenig nervös und hoffte, dass man es ihr nicht ansah. Sie lächelte still und konzentrierte sich auf ihr Gegenüber.

Hinter dem Tresen saß eine blonde Frau mittleren Alters. Sie arbeitete an einem PC. Ihre Finger flogen dabei nur so über die Tasten.

»Guten Morgen«, grüßte die Frau, während sie die letzten Worte tippte. Sie blickte auf und lächelte freundlich. »Was kann ich für Sie tun?«

Elsy räusperte sich. Ihr Moment war gekommen. Für Nervosität war jetzt kein Platz mehr. »Guten Tag. Wenn ich mich vorstellen darf. Mein Name ist Elisabeth Jones. Ich bin im Auftrag meiner Mandantin hier.« Selbst in ihren Ohren hörte sich Elsy professionell an. Sie freute sich und intensivierte ihr Lächeln. »Meine Mandantin ist eine alte Dame aus London, die ihre Halbschwester beziehungsweise ihren Halbbruder sucht. Die Dame weiß leider nicht, ob es eine Schwester oder ein Bruder ist. Lediglich, dass es da jemanden gibt. Und das ist auch der Grund, warum sie mich engagiert hat. Die wenigen Informationen, die ich habe, sind, dass das Kind 1950 hier in der Gegend geboren ist und hier in diesem Hause um 1950, 1960 gelebt haben muss. Ich habe weder einen Vor- noch Nachnamen. Sie sehen, ich bin vollends auf Ihre Hilfe angewiesen.«

»Nun, das ist leider nicht so einfach«, antwortete ihr Gegenüber mitfühlend.

»Mrs Branchett, …« Elsy las den Namen von einem Schild am Empfang ab. »… ich bitte Sie inständig! Alles, was ich benötige ist eine Liste aller Kinder, die von 1950 bis 1970 hier gelebt haben.«

Elsy kam nicht umhin, zu bemerken, dass Mrs Branchett kurz stutzte. Sie schaute auf ein altes, großes, in Leder gebundenes Notizbuch, das neben ihr lag.

»Sehen Sie, wenn es an mir läge, würde ich dieser alten

Dame sehr gerne helfen, Miss Jones. Aber leider unterliegen diese Informationen dem Datenschutz. Das Einzige, was ich Ihnen anbieten kann, dass ich Ihnen ein Formular mitgebe, mit dem Sie einen offiziellen Antrag einreichen können. Sobald der Antrag bei uns eingeht, wird geprüft, ob wir Ihnen Einsicht gewähren können oder nicht. Jetzt, hier vor Ort kann ich Ihnen leider nicht weiterhelfen.«

Elsy sackte sichtlich in sich zusammen. Es war weniger gespielt als wirkliche Enttäuschung, denn wenn sie hier nicht weiterkäme, hätten ihre Nachforschungen ein jähes Ende gefunden.

»Hier bitte, Miss Jones.« Mrs Branchett reichte Elsy einen mehrseitigen Ausdruck. »Sie füllen einfach die Bögen aus und schicken alles Erforderliche an unsere Adresse. Wer weiß, vielleicht können wir was für Sie tun.« Sie nickte aufmunternd.

Als das Telefon schellte, bat Mrs Branchett um einen Moment Geduld und nahm gleich darauf ab.

»Branchett hier, ja bitte … Ja, die Kopien sind fertig … Gewiss, ich bin gleich bei Ihnen.«

Noch einmal sah Mrs Branchett sie freundlich an. »Wenn Sie mich nun bitte entschuldigen. Ich wünsche Ihnen viel Erfolg bei Ihren Nachforschungen. Einen schönen Tag und auf Wiedersehen.«

»Danke, Ihnen auch.« Elsy war ein wenig perplex und blinzelte, so freundlich war sie noch nie in ihrem Leben abgewimmelt worden. Sie sah gerade noch, wie Mrs Branchett einige Blätter nahm, die auf dem alten Buch gelegen hatten, und drehte sich zum Gehen.

Augenblicklich blieb Elsy stehen. Ihre Gedanken überschlugen sich.

Irgendetwas war mit diesem Buch. Als sie nach Informationen zu den Jahren 1950, 1960 gefragt hatte, hatte Mrs Branchett merkwürdig reagiert. Was war das für ein Buch?

Elsy versuchte Zeit zu schinden, falls Mrs Branchett ihr nachsah, und steckte das Formular gespielt nachdenklich in ihre Handtasche.

Unauffällig schaute sie sich um, und als sie sah, dass Mrs Branchett gerade durch eine nahe gelegene Tür in einem anderen Raum verschwand, nutzte sie ihre Chance. Sie hastete zurück zur Theke, schnappte sich das Buch und sah nach. Ihre Bedenken verwarf sie im Bruchteil einer Sekunde, sie konzentrierte sich auf ihre Mission.

Das Buch war eine Art Kartei, die alle Kinder aus den Jahren 1946 bis 1970 aufführte. Elsy riss ungestüm ihr Handy aus der Tasche und begann Fotos zu schießen. Sie versuchte, so viel wie möglich zu fotografieren. Viel Zeit konnte sie nicht haben. Elsy machte Fotos von Seiten am Anfang, in der Mitte und am Ende. Irgendetwas würde schon dabei sein. Sie hatte kaum eine Minute gebraucht, legte das Buch zurück und spurtete zum Ausgang. Gerade rechtzeitig, als Elsy heraustrat und die große Tür ins Schloss fallen ließ, hörte sie, wie eine andere Tür geöffnet wurde und Stimmen in den Flur drangen.

Durch Elsys Adern schoss Adrenalin. Sie war aufgekratzt und gleichzeitig fühlte sie sich schlecht. Was hatte sie getan?! Sie hatte die nette Mrs Branchett angelogen. Und jetzt hatte sie auch noch Informationsdiebstahl begangen. Fuck! Was hatte sie sich nur dabei gedacht Genau genommen, hatte sie überhaupt nicht nachgedacht, als sie sich das Buch geschnappt hatte, sondern einfach nur gehandelt.

Elsy spurtete über den Parkplatz zu ihrem Auto. Sie stolperte mehrfach und fluchte. Als sie endlich angekommen war, riss sie die Fahrertür auf und schmiss ihre Handtasche auf den Beifahrersitz. Sie musste von hier verschwinden, so schnell wie es ging.

»Miss … Moore?«

7

Nein, nein, nein! Das durfte doch nicht wahr sein! Nicht er!

So etwas nannte man wohl Karma. Und das Universum reagierte diesmal anscheinend besonders prompt und hetzte ihr direkt die Polizei auf den Hals.

»Miss Moore!«, rief die tiefe Stimme erneut, als Elsy keine Anstalten machte sich umzudrehen.

Noch einmal atmete Elsy tief ein und aus, bevor sie sich umdrehte. »Inspektor Quinn. Hallo!« Elsy musste sich zusammenreißen. Er wusste nicht, warum sie hier war. Wenn sie freundlich und charmant blieb, hatte sie die besten Chancen, heil aus der Sache hinauszukommen. Sie lächelte ihn fröhlich an.

Inspektor Quinn kam näher. Wie immer sah er sehr gut aus. Er trug eine dunkle Stoffhose kombiniert mit einem hellen Hemd. Darüber einen dunklen Pullover, der, so schlicht wie er war, die breiten Schultern seines Trägers noch besser zur Geltung brachte. Seine dunkelbraunen, welligen Haare hatte er heute gebändigt und glatt zurück frisiert.

Sah dieser Mann eigentlich jemals schlecht aus? Hatte er jemals einen Bad-Hair-Day oder einen Pickel auf der Stirn, und zwar genau an den Tagen, an denen es man am wenigsten gebrauchen konnte, so wie es dem Rest der Normalbevölkerung ging?

Je näher der Inspektor kam, desto mehr musste Elsy ihre Einschätzung revidieren. Auch der Inspektor schien schlechte Tage zu haben. Dunkle Schatten zeichneten sich unter seinen Augen ab und seine Haut wirkte fahl. Er war sichtlich erschöpft und zwang sich förmlich ein Lächeln auf.

Elsy neigte ihren Kopf und beäugte ihn kritisch. »Sie sehen echt schlecht aus«, schlüpfte es ihr über die Lippen. Super, das zum Thema Freundlichkeit. Elsy schüttelte im Geiste über sich selbst den Kopf.

Jetzt lachte der Inspektor, was Elsy wunderte. »Ihre direkte Art ist mal wieder sehr erfrischend.«

»Tut mir leid.« Elsy sah zerknirscht drein.

»Das muss es nicht. Wenig Schlaf, viel Kaffee. Da zahlt man eben seinen Tribut. Wie geht es Ihnen?« Der Inspektor wirkte ehrlich interessiert und lehnte sich an ihr Auto. Er schien nicht die Absicht zu haben, schnell wieder zu verschwinden.

»Danke, mir geht es gut.«

»Was tun Sie hier draußen? Jemanden besuchen?«

»So ungefähr. Lange Geschichte«, winkte sie gelangweilt ab. Elsy versprach sich selbst, nichts zu verraten. Diesmal würde sie eisern bleiben und nicht alles ausplappern, wie am letzten Dinnerabend, als sie alles ausposaunt hatte, was ihr in dem Moment in den Sinn gekommen war und so Josef überhaupt erst ins Spiel gebracht hatte. Im Gegenteil, sie versuchte, ihn abzulenken. »Darf ich Sie etwas fragen?« – Eine rein rhetorische Frage, Elsy redete direkt weiter. – »Wie hat eigentlich die Presse, Wind von den Morden bekommen? Klar, ein Mord spricht sich rum. Aber woher hatten sie die vielen Infos, die ganzen Details? Nur um das klarzustellen, ich habe niemandem etwas verraten.«

»Das weiß ich. Im Grunde war es völlig klar, dass die Zeitung berichtet.«

Elsy war irritiert und blinzelte perplex, so wie sie es häufig tat, wenn sie sich wunderte.

»Was soll's«, sagte der Inspektor mehr zu sich selbst. »Es war der Vermieter von Mr Brown, der alles preisgegeben hat. Er wohnt über Mr Browns Wohnung und hat ihn gefunden. Raten Sie mal, für wen er arbeitet! Für die Hoktony Gazette.

So etwas wünscht man sich doch, wenn man in einem Mord ermittelt. Nicht, dass solche Ermittlungen eh schon schwierig sind. Nein, die Presse muss natürlich auch noch alle Details hinausposaunen, um uns unsere Arbeit noch einfacher zu gestalten.«

»Das tut mir leid für Sie.« Elsy verstand, dass aus seiner Sicht der Zeitungsartikel nur Schwierigkeiten brachte.

»Danke, das weiß ich zu schätzen. Mehr zu schätzen wüsste ich allerdings, wenn Sie mir verrieten, was Sie hier tun. Sie besuchen doch nicht wirklich jemanden.«

Elsy blieb stur und sagte nichts.

»Kommen Sie schon, Sie haben sich doch nicht ohne Grund in Ihr Sekretärinnen-Outfit geschmissen. Ich habe Ihnen etwas erzählt, jetzt erzählen Sie mir etwas.«

Er neigte seinen Kopf und lächelte sie an. Wenn dieser Mann lächelte, musste Elsy sich eingestehen, wurde ihr schlagartig wärmer. Und das Schlimme daran war, er wusste es. Er wusste, dass er eine Wirkung auf Frauen hatte, und setzte sein Lächeln gekonnt ein. Vermutlich funktionierte dies auch für gewöhnlich. Elsy hingegen fühlte sich irgendwie betrogen. »Dieser Hundeblick, den Sie da gerade zur Schau tragen, funktioniert der für gewöhnlich?«

Elsy erntete ein amüsiertes Schnaufen. »Lenken Sie nicht ab, Miss Moore. Was tun Sie hier?« Er lächelte weiter, als hätte sie ihn nicht gerade beleidigt.

Vermutlich würde diese Unterhaltung noch Stunden dauern, würde sie nicht einlenken. Elsy überlegte, was sie ihm erzählen konnte. »Okay. Ich bin hier, weil Fred und ich« – Imelda ließ sie vorsichtshalber außen vor. – »gedacht hatten, hier mehr über die Verbindung zwischen Callum Brown und Jake Hide herauszufinden. Fred erinnerte sich, dass beide Waisen waren und beide hier im Kinderheim gelebt haben. Wir dachten, wir finden vielleicht etwas heraus, was Ihnen bei der Aufklärung der Morde helfen könnte.«

»Dacht ich's mir. Und, haben Sie etwas herausgefunden?«

»Nein. Leider, nein. Mrs Branchett, die Dame vom Empfang, war verschwiegen wie ein Grab. Datenschutz und so.« Dass sie unerlaubterweise Fotos von der Kartei gemacht hatte, verschwieg sie natürlich. »Und was ist mit Ihnen? Haben Sie etwas herausgefunden? Da Sie hier sind, haben Sie wohl auch herausgefunden, dass beide Opfer als Kinder hier gelebt haben, und vermuten einen Zusammenhang zwischen ihnen. Also, was hat man Ihnen erzählt?«

Jetzt blieb der Inspektor stur.

»Wenn Sie Fred und mir nichts verraten, können wir Ihnen nicht weiterhelfen.«

Inspektor Quinn stieß sich von ihrem Auto ab und blickte ernst. »Sie beide brauchen uns auch nicht weiterhelfen. Das ist Polizeiarbeit! Ist Ihnen vielleicht mal in den Sinn gekommen, dass es gefährlich sein könnte, wenn Sie auf eigene Faust ermitteln, weil Sie so den Mörder auf sich aufmerksam machen!«

Okay, dagegen konnte Elsy nichts sagen.

»Hören Sie, wenn Sie im Dorf irgendetwas hören oder Fred sich an etwas von früher erinnert, bin ich dankbar, wenn Sie mir davon berichten. Aber bitte belassen Sie es dabei.« Inspektor Quinn sah sie eindringlich an, sein Lächeln war verschwunden. Erwartungsvoll lupfte er eine Augenbraue.

Elsy zuckte unbekümmert mit den Schultern. »Ohne weitere Infos, kommen Fred und ich eh nicht weiter, also … entspannen Sie sich.« Sie lächelte und stieg nun endlich in ihr Auto.

»Elsy Moore, warum will ich Ihnen das nicht so recht glauben«, sagte er mürrisch, als er neben sie trat.

»Einen schönen Tag, Inspektor.« Elsy lächelte weiterhin und drehte den Zündschlüssel.

Der Inspektor gab auf, weiter nachzubohren. »Für Sie auch.« Er schloss für sie die Fahrertür und trat kopfschüttelnd beiseite.

Elsy winkte fröhlich zum Abschied und sauste davon.

»Ich wäre fast gestorben, als der Inspektor hinter mir aufgetaucht ist!«, berichtete Elsy und nahm einen Schluck von ihrem heißen Kakao, auf dem sich ein beachtlicher Berg Schlagsahne türmte. Es hatte angefangen zu regnen und es gab nichts Besseres an einem kühlen, verregneten Tag. Na ja, bis auf eine Tasse schwarzen Tee. Sie wischte sich einen Klecks Schlagsahne, der sich auf ihre Nase verirrt hatte, weg und genoss die wohlige Wärme und den Duft des Getränks. Der Kakao roch nach Zimt und Tonkabohne, von beidem hatte sie sich eine kleine Prise gegönnt.

Nachdem Elsy zurückgekehrt war, hatte sie sich zunächst umgezogen. Wer wollte schon in einem Sekretärinnen-Outfit inklusive Stöckelschuhen putzen. Jetzt trug sie Alltagsklamotten, die praktisch für ihre Arbeit waren, aber zugleich gepflegt und hübsch aussahen: Jeans, einen hellrosa Strickpulli und ihre weißen Lieblingssneaker. Auf ihrem Kopf thronte ein unordentlicher Dutt. Als sie sich umgezogen hatte, war sie direkt zu Fred zurückgekehrt, der es sich mit Demon in der Bibliothek gemütlich gemacht hatte.

Fred bestand darauf, dass sie sich erst einmal eine Pause gönnte, und so saßen die drei zusammen, während Elsy von ihren Erlebnissen berichtete und Fred die Fotos, die Elsy im Kinderheim gemacht hatte, ausdruckte.

Fred liebte moderne Technik. Er kannte sich mit Smartphones und Tablets aus und mit den verschiedensten Apps. Er hatte mehr Apps auf seinem Handy, als die meisten jungen Leute, die Elsy kannte. So wunderte es Elsy auch nicht, dass er einen kleinen Drucker zwischen seinen Büchern versteckt hatte. Er war sehr unauffällig platziert, denn Fred mochte zwar modernen Schnickschnack, häufig aber nicht wie er aussah. Fred liebte den Glanz der vergangenen Zeit.

Und das spiegelte sich auch in der Bibliothek wider. Filigraner Stuck an der Decke, exquisite Nussbaummöbel und dunkles Holzparkett schmückten den Raum. Die massiven Bücherregale, die aus einem dunklen Holz gefertigt waren, reichten bis unter die Decke. Wollte man an die obersten Bücher gelangen, brauchte man einen Tritt. Jede Wand der Bibliothek bestand aus Bücherregalen, sie gingen sogar bis zu den Fenstern und rahmten diese ein. So entstanden an den drei Fenstern jeweils kleine Sitzecken. Das Zentrum des Raums bildete der imposante, alte Kamin, obgleich er nicht wirklich im Zentrum stand. An ihm waren die wenigen Möbel, eine Sitzgruppe, an der höchstens vier Personen Platz nehmen konnten, ausgerichtet. Der Raum war in dunklen Tönen gehalten, Grün und Beere. Ein Grün, das man in der Natur bei Ilex fand und das Violett bei Brombeeren oder Holunder. Die schweren, langen Vorhänge an den Fenstern und die Polster der Möbel bildeten so ein stimmiges Bild. Die Bibliothek war ein schummriger, gemütlicher Raum.

»Elsy, meine Liebe, du hast die Situation bravourös gemeistert. Imelda oder ich hätten es nicht besser machen können.«

»Hast du schon etwas Interessantes gefunden?«, fragte Elsy. Fred sah sich bereits die fertigen Ausdrucke an.

»Der ein oder andere Name kommt mir bekannt vor. Warte, hier ist der letzte Ausdruck, dann schauen wir sie uns gemeinsam an.« Fred nahm das letzte Blatt vom Drucker und setzte sich neben Elsy, die auf dem Zweiersofa Platz genommen hatte. Die Ausdrucke breitete er vor ihnen auf dem Tisch aus. »Also, was haben wir. Du hast Fotos von verschiedenen Jahrgängen gemacht. Wir haben Listen von den Jahren 1947, 1948, 1964, 1967 und 1970.« Fred sortierte die Blätter in die richtige Reihenfolge. Elsy beobachtete ihn dabei und ihr fielen, wie so oft, seine gebräunten Hände auf. Fred hatte immer gebräunte Haut. Sie hatte ihn nie anders gesehen. Er sah aus, als käme er gerade aus drei Wochen Strandurlaub zurück. Dabei hielt er sich einfach nur oft im Freien auf. Selbst in den kühlen Jahreszeiten war er jeden Tag an der frischen Luft. Er war nie blass. Im Gesicht bildete seine Haut einen starken Kontrast zu seinen schneeweißen Haaren. Elsy gefiel es. Auf sie wirkte er wie ein rüstiger Skilehrer aus der Schweiz. Nicht, dass sie jemals in der Schweiz gewesen wäre oder je einen schweizer Skilehrer getroffen hätte, aber so stellte sie sich eben einen Skilehrer vor.

»Die Listen der ersten Jahre sind recht lang ... Aber das ist nicht verwunderlich. Das sind die Jahre der Nachkriegszeit«, bemerkte Fred. »Siehst du, in den Jahren 1964 und 1967 gab es schon weniger Kinder im Heim.«

Elsy entdeckte Callum Browns und Jake Hides Namen auf der Liste von 1964 und 1967. Ansonsten kannte sie selbst niemanden. Sie nahm die Liste von 1967 in die Hand und hielt sie Fred näher hin. Sie hatte bemerkt, dass er schon wieder die Augen zusammenkniff, weil er schlecht sah. »Welcher Name sagt dir was?«

»Ich kenne viele der Namen. Aber, die meisten davon werden uns leider nicht weiterhelfen. Diese hier zum Beispiel ...« Fred zeigte auf fünf der Namen. »... sind leider bereits verstorben. Sie haben hier in Stricktony gelebt. Diese zwei sind vor mehr als zwanzig Jahren, ich meine ..., nach Kanada ausgewandert und von diesen habe ich noch nie etwas gehört.« Fred zeigte auf weitere vier Namen. »Nur eine Person lebt noch hier in der Gegend.« Auch auf diesen Eintrag deutete er.

»Trudy Jenkins ... 1965-1967 ... FH«, las Elsy aus den einzelnen Spalten vor. »Wer ist Trudy Jenkins?« Den Namen hatte Elsy zuvor nie gehört. Sie nahm einen weiteren Schluck von ihrem Kakao und versuchte sich zu erinnern. Wenn diese

Frau in der Gegend lebte, hätte sie doch bestimmt von ihr gehört. Aber was sollte sie sagen, sie hatte einfach ein monumental schlechtes Namensgedächtnis. Dass ihr Namen entfielen, war keine Seltenheit.

»Trudy ist Frances' Mutter. Sie lebt in dem kleinen Pflegeheim in Broktony.«

»Oh. Weißt du, was mit ihr ist? Ich meine, Frances und Jo würden sich doch bestimmt um sie kümmern, wenn es nichts Ernstes wäre.«

»Sie hatte vor ein paar Jahren einen Schlaganfall. Schlimme Sache. Seitdem lebt sie dort. Soweit ich weiß, besucht Frances sie regelmäßig.«

»Die Arme …«

»So etwas wünsche ich niemandem. Noch nicht einmal meinem ärgsten Feind.«

»Hm … Meinst du, wir könnten sie um Hilfe bitten? Sie war zwar nicht lange im Kinderheim, aber vielleicht hat sie eine Idee, was die beiden Männer verbindet«, überlegte Elsy.

»Über ihren derzeitigen Gesundheitszustand und ob sie ansprechbar ist, weiß ich nichts. Wir könnten Frances um Rat bitten. Aber dann würde sie erfahren wollen, was wir von Trudy wollen, und dann wüsste im schlimmsten Fall das gesamte Dorf, dass wir eigene Nachforschungen anstellen. Das ist keine gute Idee.«

»Selbst wenn es ihr nicht so gut geht, vielleicht freut sie sich ja über einen Besuch. In einem Pflegeheim sind die Menschen häufig einsam. Ich könnte ihr Blumen mitbringen. Und wenn sie nicht reden kann oder mag, dann hat sie wenigstens schöne Blumen für ihr Zimmer.«

»Das ist ein sehr guter Vorschlag. Der Besuch und die Blumen …« Fred dachte nach.

Demon, der Freds herunterbaumelnde Hand als Gelegenheit erkannte, reckte sich und drückte seinen zauseligen Kopf an Freds Finger. Er wollte gekrault werden. Demon, der die meiste Zeit so aussah, als würde er lächeln, brummte genüsslich, als Fred seinem Wunsch nachkam.

»So oder so, Trudy ist unsere einzige Möglichkeit, mehr zu erfahren«, setzte Fred fort. »Die uns unbekannten Personen auf der Liste werden wir nie im Leben ausfindig machen können. Über sie werden wir nichts in Erfahrung bringen.«

Elsy sorgte sich. »Das Schlimme ist nur, dass jeder dieser Personen einschließlich Trudy potentielle Opfer sein könnten. Ein Mord steht immerhin noch aus.«

»Oder umgekehrt, einer von ihnen ist vielleicht der Mörder. Trudy mal ausgenommen. Ich denke nicht, dass eine Person, die aufgrund eines Schlaganfalls im Pflegeheim liegt, in der körperlichen Verfassung wäre, einen Mord zu begehen.«

»Stimmt. Weiß du was, ich fahre morgen früh zu ihr. Zu Trudy«, entschloss sich Elsy kurz um. »Sie ist, wie du schon sagtest, unsere einzige Option. Und sie ist vielleicht selbst in Gefahr. Ich möchte ihr keine Angst einjagen, aber ich möchte sie warnen.«

»Sehr gut, meine Liebe«, begrüßte Fred ihre Idee. »Den Inspektor lassen wir außen vor?«

»Das sollten wir, oder? Ich meine, ich habe gerade noch so getan, als ob wir nicht den geringsten Anhaltspunkt hätten, und wenn wir von Trudy erzählen, wüsste er, dass ich gelogen habe. Nicht dass er das sowieso vermutet, aber du weißt, was ich meine. Außerdem, denke ich, ist er im Besitz derselben Listen. Er weiß also genauso viel wie wir. Wir enthalten ihm also nichts vor.«

Fred lupfte grinsend eine Augenbraue. »Wir weihen ihn ein, wenn du etwas bei Trudy erfährst.«

Elsy erwiderte Freds verschwörerisches Grinsen. »Ich würde sagen, wir haben einen Plan.«

8

Mrs Anderson war eine sehr kleine, aber dafür auch sehr resolute Person. Das wusste Elsy sofort, als sie sie hinter dem Anmeldebereich des Pflegeheims erblickt hatte. Gerade begleitete sie Elsy zu Trudys Zimmer. Sie hatte einen strammen Schritt. Überhaupt vermutete Elsy, dass Pfleger gut in Form sein mussten, so viel wie sie auf den Beinen waren.

Elsy sah sich um und kam nicht umhin, festzustellen, dass ein Pflegeheim mit seinen weißen Wänden, den PVC-Böden und dem allgegenwärtigen Geruch nach Desinfektionsmittel immer leicht traurig wirkte. Sicherlich, die Mitarbeiter versuchten das Heim auch wohnlich zu gestalten. Hier und da hingen Bilder und in der ein oder anderen Ecke standen Pflanzen, dennoch war es anders, als in seinem eigenen Zuhause zu wohnen.

»Das ist Miss Jenkins Zimmer.« Mrs Anderson klopfte energisch an die Tür und ging dann direkt hinein.

Elsy wunderte sich, dass Mrs Anderson nicht auf eine Aufforderung zum Eintreten wartete, aber vielleicht war das in einem Heim einfach so. Sie folgte Mrs Anderson ins Zimmer. Ohnehin hatte sie anderes im Kopf, denn sie war aufgeregt, Trudy zu begegnen.

»Miss Jenkins! Schauen Sie mal, wen ich Ihnen heute mitgebracht habe!«

Miss Jenkins saß in einem breiten, sehr bequem aussehenden Sessel vor dem Fenster und da Elsy lediglich einen weißen Haarschopf hervorlugen sah, ging sie ein Stück näher an Trudy heran.

»Das sind so schöne Blumen! Und eine Gebäckdose.

Schauen Sie, Miss Jenkins, was Ihnen Miss Moore alles mitgebracht hat.« Mrs Anderson nahm Elsy die Blumen ab und stellte sie in eine Vase.

Da sich Miss Jenkins bislang nicht gerührt und auch kein Wort verloren hatte, trat Elsy noch näher heran.

»Guten Morgen, Miss Jenkins. Wie geht es Ihnen?«

Miss Jenkins war eine zierliche Frau mit langen, weißen Haaren, die zu einem seitlichen Zopf geflochten waren. Sie trug einen dicken, flauschigen Morgenmantel mit Blumenmuster und sah darin ein bisschen verloren aus, so dünn war sie. Miss Jenkins schaute Elsy freundlich an, sagte selbst jedoch nichts. Ihre leicht glasigen Augen wirkten aufgeschlossen und aufmerksam.

»Miss Jenkins hat heute einen guten Tag, nicht wahr«, beantwortete Mrs Anderson für Trudy die Frage. Sie stellte die Vase mit den Blumen auf einen Beistelltisch in der Nähe und bewunderte sie kurz. Gleich darauf nickte sie Elsy zu, eine stumme Aufforderung, ihr zur Tür zu folgen. »Wie gesagt, sie spricht nicht viel«, erklärte ihr Mrs Anderson im Flüsterton. »Aber setzen Sie sich doch einfach einen Moment zu ihr und erzählen ihr von Stricktony. Vielleicht antwortet sie. Sie hat heute wirklich einen guten Tag.«

Nachdem Mrs Anderson aus der Tür war, setzte sich Elsy zu Trudy. Sie rückte einen zweiten Stuhl ans Fenster und sah sich um.

Das Zimmer von Trudy war zweckmäßig eingerichtet, wirkte aber heimelig. Zahlreiche Bilder von der Familie und Stricktony hingen an den Wänden. Offensichtlich hatte ihre Tochter, Frances, so vermutete es Elsy zumindest, sich Mühe gegeben, das Zimmer wohnlicher zu gestalten.

Als Elsy zurück zu Trudy blickte, bemerkte sie, dass sie selbst auch beobachtet wurde. Trudy musterte sie interessiert. Elsy fühlte sich unsicher. Wie sollte sie das Gespräch beginnen? Trudy kannte sie nicht und sie wollte ja auch nicht mit der Tür ins Haus fallen. »Am besten stelle ich mich erst einmal richtig vor«, begann sie. Da Elsy nicht vorhatte, unter dem Deckmantel eines Alias zu fungieren, blieb sie bei der Wahrheit. »Mein Name ist Elsy Moore. Ich bin eine Nachbarin ihrer Tochter Frances und arbeite als Hauswirtschafterin in Stricktony Hall.«

Trudy hörte Elsy aufmerksam zu. Als sie Stricktony Hall hörte, verstärkte sich ihr Lächeln.

»Kennen Sie Stricktony Hall?« Elsy schüttelte über sich selbst den Kopf. »Natürlich kennen Sie Stricktony Hall. Dumm von mir. Aber waren Sie dort schon einmal zu Besuch?«

Elsy gab Trudy Zeit, zu antworten. Wie Mrs Anderson ihr erklärt hatte, brauchte Trudy manchmal einige Zeit, bis sie antwortete. Das war zumindest so an guten Tagen. An schlechten sagte sie häufig kein Wort.

Trudy sah in die Ferne, als überlegte sie. Als sie zurückblickte, lächelte sie wieder und schüttelte kaum merklich den Kopf.

»Stricktony Hall ist so ein schöner Ort. Als ich es das erste Mal sah, dachte ich, ich würde träumen und wenn mich jemand zwickte, würde ich aufwachen. Fred, also der Baron of Faun, hat es toll herrichten lassen. Von ihm kommen übrigens auch die Blumen. Na ja, zumindest aus seinem Garten. Es sind Duftrosen. Sie müssen später unbedingt einmal daran riechen. Es ist, als würde man seine Nase in eine Flasche Rosenparfum stecken. Herrlich! Ich soll Ihnen übrigens auch liebe Grüße von Frederik ausrichten.«

Als erneut eine Reaktion von Trudy ausblieb, wusste Elsy nicht, wie sie weiter vorgehen sollte. Sie hatte vorgehabt, Trudy zu warnen. Doch in ihrem Zustand würde sie sie nur ängstigen und das schien Elsy falsch.

Ein Klopfen an der Tür ließ Elsy aufblicken.

Eine sichtlich verwirrte Frances trat gleich darauf ein.

»Elsy? Was machst du denn hier? Mrs Anderson sagte schon, meine Mutter hätte Besuch. Aber mit dir hätte ich wahrlich nicht gerechnet.« Frances wirkte erfreut, aber auch verunsichert. Nicht durch Elsy, sondern eher über die Situation an sich. Geradewegs ging sie zu ihrer Mutter. Sie drückte ihren Arm und gab ihr zur Begrüßung einen flüchtigen Kuss auf die Wange. Erwartungsvoll blickte sie zu Elsy. Sie setzte sich nicht und blieb neben ihrer Mutter stehen.

Elsy, die reflexartig aufgestanden war, knetete nervös ihre Hände. Sie überlegte, wie sie ihren Besuch erklären sollte.

Frances wartete geduldig auf ihre Antwort.

Elsy fühlte sich auf unerklärliche Weise in ihre Kindheit zurückversetzt, als hätte jemand sie gerade bei einem Streich erwischt. Was völlig unsinnig war, da sie gekommen war, um Trudy zu warnen. Sie beschwichtigte sich im Geiste selbst. Es war richtig, dass sie hergekommen war. Und Frances war ein netter Mensch, sie würde es sicherlich verstehen.

Wie zur Bestätigung lächelte Frances ihr nun aufmunternd zu, genauso wie ihre Mutter es getan hatte. Überhaupt waren sich die beiden sehr ähnlich. Nur dass eben Frances um einiges jünger war. Mit ihren hellbraunen Haaren, der Hochsteckfrisur und der schicken aber schlichten Kleidung wirkte sie sehr gepflegt.

»Also, um ehrlich zu sein, ist es etwas kompliziert.«

Frances deutete ihr an, sich zu setzen. Sie selbst nahm auf der Sessellehne neben ihrer Mutter Platz und legte einen Arm um sie.

»Wo fange ich an … Wie du ja weißt, habe ich Jake Hide in seinem Haus tot aufgefunden. Und nach der schrecklichen Sache mit Jo. – Ich kann immer noch nicht fassen, dass sie ihn mit aufs Polizeirevier genommen haben. – Na ja, jedenfalls, nach dem zweiten Mord habe ich begonnen selbst

Nachforschungen anzustellen.« Die letzten Worte kamen Elsy kaum über die Lippen. Sie nuschelte sie leise vor sich hin.

»Nachforschungen?« Frances runzelte die Stirn.

»Also, um ehrlich zu sein, ich hatte den Eindruck, dass die Polizei ziemlich im Trüben fischt, und da dachte ich, vielleicht könnte ich ihnen unter die Arme greifen.« – Fred und Imelda ließ Elsy wohlweißlich unter den Tisch fallen. Es genügte, würde sie dem Klatsch und Tratsch ausgesetzt, falls Frances irgendwem von diesem Gespräch erzählte. – »Ich weiß, das hört sich bescheuert an. Wenn ich mich so selbst reden höre, hört es sich zumindest *ziemlich* bescheuert an, aber na ja, so ist es eben. Jedenfalls erfuhr ich *zufällig,* dass Mr Hide in einem Kinderheim aufwuchs. Ebenso wie Callum Brown. Ich dachte mir, dass es da vielleicht irgendeinen Zusammenhang gibt, und da deine Mutter, wie ich auch *zufällig* erfuhr, ebenfalls in dem Kinderheim lebte, dachte ich, ich frage sie einfach mal.«

Frances lauschte nachdenklich ihren Worten und da sie und Trudy nicht verärgert schienen, erzählte Elsy weiter. »Außerdem bin ich hier, um … sie zu warnen.«

Augenblicklich schreckte Frances auf. Auch Trudy schien beunruhigt und sah ihre Tochter erwartungsvoll an, als wolle sie von ihrer Tochter beschützt werden.

»Oh bitte, regen Sie sich nicht auf! Ich denke nicht, dass Sie in Gefahr sind. Also nicht wirklich.« Elsy rang mit sich und versuchte, Trudy ein aufmunterndes Lächeln zu schenken. »Ah, tut mir leid, dass ich mich so ungeschickt ausdrücke. Ich versuche, es euch zu erklären. Also, ich vermute, dass es einen dritten Mord geben wird. Und da ich, wie ich gerade schon sagte, vermute, dass es einen Zusammenhang zwischen den beiden Männern gibt und vielleicht auch zum Kinderheim, könnte jede der Personen, die mit den beiden zu der Zeit dort gelebt haben, ein mögliches Opfer sein.«

Frances sah verblüfft aus. »Das ist ja mal eine Geschichte«, entgegnete sie ruhig. Elsy bemerkte, dass Frances eine sehr angenehme Stimme hatte. Sie war unaufgeregt und klang weich. Die Klatschbasen des Dorfes hätten vermutlich gequietscht wie kleine Schweinchen, hätte sie ihnen die Story aufgetischt. Da Frances so entspannt reagierte, beruhigt auch Trudy sich sichtlich.

»Meinst du, da gibt es etwas aus den Erinnerungen deiner Mutter, was der Polizei weiterhelfen könnte?«, fragte Elsy nach. Sie hoffte, da Trudy sich nicht äußern würde, dass Frances aus Trudys Erzählungen von früher berichten könnte. – So etwas taten doch schließlich Eltern und Großeltern. Von ihrer Kindheit erzählen, und zwar sehr detailliert, stundenlang und vor allem unzählige Male, als drückte man auf die Repeat-Taste eines alten Kassettenrekorders, sodass man die Geschichte schon selbst Wort für Wort wiedergeben konnte. Elsy liebte die alten Geschichten ihrer Familie, wusste aber auch, dass es nicht jedermanns Sache war.

»Hm … Meine Mutter hat nie viel über das Kinderheim gesprochen … Sicherlich, es war keine besonders schöne Zeit für sie, aber soweit ich weiß, war es okay gewesen. Mir fällt nichts ein, warum die beiden Männer in einem Zusammenhang stehen sollten. Vielleicht ist es einfach Zufall, dass beide im Kinderheim gelebt haben oder sie verbindet etwas anderes.«

»Vermutlich hast du recht … Und entschuldige, dass ich für Aufregung gesorgt habe. Ich wollte euch auch gar nicht aufregen, aber wenn ich euch nicht gewarnt hätte, würde ich mir ewig Sorgen und Vorwürfe machen.«

»Ich glaube nicht, dass wir uns Sorgen machen müssen«, sagte Frances unbekümmert und blickte ihre Mutter liebevoll an. »Meine Mutter ist stets ein sehr liebenswürdiger Mensch gewesen. Zugegeben etwas still, aber zu jedermann freundlich. Sie hat keine Feinde, das wüsste ich. Meine Mutter hat mir immer alles erzählt. Elsy, ich weiß es sehr zu schätzen, dass du dir Sorgen machst, und extra den Weg auf dich genommen hast, um meine Mutter zu besuchen, aber es gibt keinen Grund zur Besorgnis. – Das Einzige, das mir Sorgen bereitet, ist, dass du Detektiv spielst! Elsy, das ist gefährlich. Bitte überlass der Polizei die weiteren Ermittlungen.« Frances schüttelte über sich selbst den Kopf. »Und das sage ich. – Oh, wie ich mich aufgeregt habe, als sie Jo mitgenommen haben. Es war fürchterlich. Aber jetzt weiß ich, sie haben nur ihre Arbeit gemacht. Aber was ich eigentlich sagen wollte, wenn du dich ganz allein auf die Suche nach dem Mörder machst, bringst du dich schnell selbst in Gefahr. Nicht auszudenken, der Mörder würde auf dich aufmerksam werden.«

»Ich weiß. Darüber möchte ich nicht nachdenken … Und ich kann dich beruhigen. Trudy war meine einzige und somit auch letzte Spur. Ich wüsste gar nicht, wo ich weiter suchen sollte. Ich werde es dabei belassen.« Und das war die Wahrheit. Elsy wusste ihre Nachforschungen hatten hier ein jähes Ende gefunden.

»Das beruhigt mich. Und von mir wird niemand etwas von deinen Nachforschungen erfahren, mit Ausnahme von Jo.« Frances zuckte mit den Schultern und schmunzelte leicht. »Vor ihm kann ich einfach keine Geheimnisse haben. Aber ich versichere dir, ansonsten schweige ich wie ein Grab.«

»Ich danke dir.« Elsy, die noch immer die Keksdose in den Händen hielt, reichte sie weiter an Frances. »Die sind übrigens für deine Mutter. Es sind Hafercookies. Ich habe sie gestern extra frisch gebacken.«

»Blumen und Gebäck. Das wäre doch nicht nötig gewesen, Elsy.«

Jetzt war es Elsy, die mit den Schultern zuckte. »Doch das war es und ich habe es gern getan.«

Zurück im Auto atmete Elsy erleichtert auf. Sie war eindeutig nicht für Detektivarbeit gemacht. Sie hatte Kränze vom Schwitzen in der Größe von Untertellern unter ihren Armen. Zum Glück trug sie eine Jeansjacke über ihrem T-Shirt. Sie wedelte am Revers der Jacke, um sich frische Luft zu zufächeln. Dabei stieg ihr der beißende Geruch von Desinfektionsmittel in die Nase. Beim Betreten und Verlassen des Pflegeheims musste Desinfektionsmittel für die Hände benutzt werden und Elsy hatte eine ordentliche Portion genommen.

Ihr zweiter Griff ging zu einer Tüte voller Hafercookies. Sie brauchte Zucker. Jede Zelle ihres Körpers schrie förmlich nach Zucker. Und was half da besser als Cookies. Elsy biss genüsslich in den noch im Inneren weichen Keks und stöhnte auf. Sie schmiegte sich in ihren Sitz, öffnete eine Flasche Diätcola – irgendwo musste man ja Kalorien sparen, ihre Kekswampe sollte schließlich nicht ins Unermessliche wachsen – und nahm einen großen Schluck. Jetzt sah ihre Welt schon um einiges besser aus.

Nachdem Elsy einen zweiten und dritten Cookie verdrückt hatte, kam sie ihren freundschaftlichen Pflichten nach. Sie hatte Fred und Imelda versprochen, sich zu melden, sobald sie mit Trudy gesprochen hatte.

Elsy schrieb in ihre Stricktony Hall-Gruppe, auf die nur Fred, Imelda und sie Zugriff hatten. Fred hatte sie eingerichtet, als Elsy damals bei ihm angefangen hatte.

Elsy: Hi zusammen, bin im Auto. Es war krass. Frances ist aufgetaucht.

Es dauerte kaum eine Minute, da antwortete Imelda: OMG Gefolgt von: Geht es dir gut?

Elsy musste schmunzeln. Diese Antwort war so typisch für Imelda.

Elsy: Ich hatte drei Hafercookies intravenös. Alles wieder im Lot. Außerdem Frances war entspannt. Sie ist so eine nette Person.

Fred war nun auch online und schrieb: Hallo, meine Liebe, gibt es Neuigkeiten?

Elsy: Leider, nein. Trudy spricht kaum. Ich konnte sie nicht fragen. Frances hat mir ein bisschen von früher erzählt. Quintessenz: Trudy hat keine Feinde und ich soll mir keine Sorgen machen. Vom Kinderheim wusste Frances auch nichts Besonderes zu berichten.

Imelda: Schade! Und jetzt?

Elsy: Jetzt hören wir wohl auf. Vielleicht ist es auch wirklich zu gefährlich.

Imelda: Hm. Dann müssen wir das wohl Q überlassen.

Fred: Q?

Imelda: Inspektor Quinn, natürlich! Ihr erwartet doch nicht etwa, dass ich jedes Mal seinen ganzen Namen ausschreibe. Dafür ist mein Leben wirklich zu kurz ;-P

Elsy: Pfff

Fred hatte offenkundig keine Lust zum Tippen und schickte eine Sprachnachricht: Elsy hat recht. Es könnte in der Tat gefährlich werden. Verbleiben wir doch so, dass wir, solange wir nichts Neues erfahren, die Füße stillhalten. Sollten widererwartend neue Hinweise aufkommen, können wir immer noch überlegen, unsere Nachforschungen fortzusetzen.

Imelda: Hört sich gut an.

Elsy: Finde ich auch. So ihr beiden, ich mache mich auf den Rückweg. Wir sehen uns später.

Imelda: Fahr vorsichtig!

Elsy: Ja, Mama ;-)

Imelda: Das ist beleidigend. So alt bin ich auch wieder nicht. ;-P

Fred: Kinder, Kinder ...

9

Ein verregneter Sonntagnachmittag hatte schon etwas für sich. Wenn man drinnen im Trockenen saß, mit einer Tasse heißem Kakao und einem guten Buch. Elsy Moore liebte es, vor ihrem Kamin zu sitzen und dem Regen zuzuschauen. Heute tat sie das genaue Gegenteil. Sie hatte abgewartet, bis der meiste Regen heruntergekommen war, dann ihre heißgeliebte gelbe Regenjacke und ihre dunkelblauen Gummistiefel angezogen und machte nun mit Demon einen Spaziergang. Da es noch nieselte, hatte Elsy die gefütterte Kapuze aufgezogen, unter der sie sich eingekuschelt und beschützt fühlte.

Elsy genoss die Umgebung. Sie spazierte fern von Freds Grundstück durch eine Heide, die an einem nahe gelegenen Wald grenzte. Passierte man diesen Wald, so gelangte man ins Dorf. Elsy war auf einem schmalen Fußweg mitten in der Heide unterwegs, umgeben von grünen Gräsern, gelbem Ginster und violettem Heidekraut. Hier und dort sah man kleine Granitfelsen. In der Ferne waren Schafe zu hören und näherte man sich dem Wald, so machte eine Vielzahl von Vögeln auf sich aufmerksam. In der Luft lag der unverkennbare Duft von Regen und etwas Süßem, das vom Ginster kam.

Elsys kleiner Wirbelwind, Demon, war von der Leine und erkundete die Heide. Da Demon sehr gut hörte und sich nie wirklich weit von Elsy entfernte, durfte er frei umher laufen. Momentan war er nicht zu sehen, aber Elsy vermutete, dass er bald hinter irgendeinem Strauch auftauchte und nach ihr sah. Das tat er immer. Kurz abtauchen und dann überprüfen, ob sein Frauchen noch in der Nähe war.

Es war ein ruhiger Sonntagnachmittag. Außer ihr war niemand in der Heide unterwegs. Es war nicht selten, dass Elsy auf ihren Spaziergängen in der Heide auf andere Spaziergänger traf, mit denen sie ein kurzes Schwätzchen hielt, aber heute war sie alleine dort. Elsy nutzte die Stille, um ihre Gedanken zu sortieren. Sie summte, weil sie mal wieder einen Ohrwurm hatte. Elsy hatte ständig Ohrwürmer und wenn sie sich unbeobachtet fühlte, sang sie leise vor sich hin.

Wie so häufig in den letzten Tagen kam Elsy über die beiden Morde ins Grübeln. Fred, Imelda und sie befanden sich in einer Sackgasse. Sie hatten keinen Ansatzpunkt mehr. Elsy war enttäuscht, denn auch wenn ihre Recherche eine gewisse Gefahr in sich geborgen hatte, kam sie nicht umhin, sich einzugestehen, dass es aufregend gewesen war und es Spaß gemacht hatte, Detektiv zu spielen.

Demons Bellen weckte sie aus ihren Gedanken. Elsy war so tief in ihren Gedanken versunken gewesen, dass sie kaum etwas um sich herum wahrgenommen hatte. Sie hörte das Bellen, gefolgt von einem Fluch. Im selben Moment traf sie etwas mit voller Wucht.

Elsy wusste nicht, wie ihr geschah: Sie war im Sturzflug zu Boden. Kaum begriff sie, was geschah, als sie auch schon hart auf dem Boden aufschlug. Ihr Kopf landete auf einem der nahe gelegenen Büsche. Erschrocken schnappte sie nach Luft, als gleich darauf sämtliche Luft wieder aus ihrem Körper heraus gepresst wurde, da etwas Schweres auf ihr landete.

Elsys Gedanken und Gefühle überschlugen sich. Sie hatte Schmerzen im Rücken. Spitze Äste bohrten sich in ihre Kopfhaut. Und etwas Schweres lag auf ihr. Sie hörte ihr Stöhnen, das aufgeregte Bellen von Demon und das Stöhnen einer weiteren Person. Sie war verwirrt und hatte Panik. Instinktiv drückte sie gegen den Körper, der verhinderte, dass sie vernünftig Luft bekam.

Augenblicklich rollte sich der Körper zur Seite. Elsy konnte frei atmen.

Ein Geruch von Pfefferminze und Kindercreme stieg ihr in die Nase.

»Fuck!«, stöhnte jemand neben ihr. Da Elsys Synapsen anscheinend noch nicht richtig arbeiteten – vermutlich hatte der Aufprall ihr Gehirn kurzfristig außer Gefecht gesetzt –, dauerte es einen Moment, bis sie begriff, dass sie die Stimme kannte. Beziehungsweise zu wem diese Stimme und auch dieser Geruch gehörten. Um sich zu vergewissern, sah sie zur Seite.

»Inspektor?« Elsys Stimme klang kratzig. Sie räusperte sich und richtete sich gleich darauf auf. Sie fühlte sich vielleicht leicht wattig im Kopf, aber eins wusste sie, liegend wollte sie diesem Mann nicht begegnen.

»Geben Sie mir einen Moment!«, keuchte der Inspektor atemlos.

Elsys Blick wanderte zwischen ihm und ihr hin und her. Das Wort „Matschbad" traf es wohl am besten. Elsys Rücken und linke Seite waren in Matsch gebadet, denn der Boden war vom Regen stark aufgeweicht. Sie sah aus wie ein gelbes Schweinchen, das sich freudig im Matsch gesuhlt hatte. Der Inspektor sah, zu ihrem Argwohn, besser aus. Da er anscheinend auf ihr gelandet war, hatte er nicht ganz so viel abbekommen.

Demon hatte aufgehört zu bellen. Offenbar hatte er verstanden, dass sein Frauchen nicht in Gefahr war. Er saß nun neben ihr und betrachtete die beiden Menschen am Boden. Er schnüffelte prüfend an Elsys Regenjacke und legte sich dann hin. Elsy war wohl nicht die Einzige, die später ein Bad benötigte. Demons Fell und sein gelbes Lederhalsband waren ebenso in Matsch getaucht wie sie.

»Geht es Ihnen gut?« Der Inspektor stand auf und reichte ihr seine große, lehmverschmierte Hand.

Elsy starrte ihn an. Diese Situation war total unwirklich. Soeben hatte sie noch einen entspannten Spaziergang genossen und nun saß sie am Boden und sah aus, als wäre eine ganze Kindergartenhorde über sie hergefallen und hätte sie mit Matsch bemalt. Inspektor Besserwisser hingegen sah aus wie … wie … Nun ja, er sah irgendwie heiß aus. Und das war einfach nur ärgerlich.

Inspektor Quinn trug eine kurze Trainingshose, ein enganliegendes Sportshirt, was nicht viel Raum für Spekulationen zuließ, und Laufschuhe. Er war von Kopf bis Fuß durchtrainiert. Seine braunen, leicht welligen Haare waren feucht und zerzaust. Warum sahen Männer mit zerzausten Haaren eigentlich immer so viel besser aus als Frauen mit wirrem Haar? Das war unfair!

»Miss Moore?« Die besorgte Frage des Inspektors riss Elsy aus ihren Gedanken. Sie stand auf, ohne nach der helfenden Hand des Inspektors zu greifen, und antwortete, »Alles gut, danke.«

Der Inspektor sah besorgt und zerknirscht aus.

»Ich habe mich nur erschrocken«, insistierte sie, und wie zum Beweis dehnte und streckte sie sich. Elsy spürte sogleich ihre Rippen und verzog das Gesicht. Auch wenn sie es nicht zeigen wollte, sie konnte es nicht unterdrücken.

»Kommen Sie. Ich sehe doch, dass Sie sich wehgetan haben.«

»Ein bisschen.«

»Soll ich Sie stützen?«

Elsy konnte nicht anders und warf ihm einen Das-ist-jetzt-nicht-Ihr-Ernst-Blick zu. »Wie geht es Ihnen?«, fragte sie ehrlich, aber auch um von sich abzulenken. Sie fühlte sich unwohl, wenn der Inspektor sie so prüfend beäugte.

»Mir geht es gut. Danke. Nichts, was man nicht mit einer heißen Dusche wieder hinkriegen würde.« Er lächelte leichthin und strich sich unbewusst mit einer Hand über seine definierten Bauchmuskeln.

Das war jetzt nicht sein Ernst. Hatte der Mann denn überhaupt kein Gefühl für Doppeldeutigkeiten? Heiße Dusche?! Gott, zum Glück war Imelda nicht da. Sie wäre sofort auf diesen Zug aufgesprungen und hätte den Inspektor mit einem frechen Spruch bis zur Haarwurzel erröten lassen. Und sie vermutlich gleich mit. Er selbst schien gar nicht bemerkt zu haben, dass seine Bemerkung doppeldeutig war.

Als Elsy nichts erwiderte, sprach der Inspektor weiter. »Es tut mir leid, dass ich Sie umgerannt habe. Ihr Hund, er hat mich erschreckt. Ich wollte gerade an Ihnen vorbei joggen, da kam er wie aus dem Nichts aus den Büschen gesprungen. Ich wollte ausweichen, bin gestrauchelt und dann gegen Sie …«

»… gerammt!?«, half Elsy ihm aus.

Das Gesicht des Inspektors verdunkelte sich. »Es tut mir wirklich sehr leid. Aber hätten Sie Ihren Hund besser im Griff —«

»Moment!«, schnitt Elsy ihm das Wort ab. »Demon hat nur auf mich aufgepasst. Er hat *nur* gebellt. Er hätte Sie niemals angesprungen und auch niemals gebissen. Ohne einen Befehl tut er so etwas nicht. Und überhaupt, was würden Sie denn als Hund denken, wenn plötzlich ein großer, kräftiger Mann auf ihr Frauchen zugerannt käme?«

Inspektor Quinn knirschte sichtlich mit den Zähnen. »Miss Moore, ich sehe mich wirklich nicht in der Lage, mich in die Psyche eines Hundes hineinzuversetzen.«

»Warum wundert mich das jetzt nicht … Ach, wissen Sie was. Es ist auch egal. Es ist ja alles gut gegangen. Weder Sie noch ich sind verletzt.«

»Demon … Jetzt weiß ich zumindest, woher er seinen Namen hat. Er ist wirklich ein kleiner Dämon«, stichelte er weiter.

Das schlug dem Fass doch wirklich den Boden aus. Wie konnte sich dieser Mann ein Urteil über Demon erlauben. Er kannte ihn doch gar nicht. »Ich kann Ihnen verraten, woher er seinen Namen hat. Von seinen total *verstörten* Vorbesitzern, die ihn geschlagen haben und fast verhungern ließen. Sie haben ihn geschlagen, bis er blutig war. Weiß Gott warum. Demon ist einer der liebenswürdigsten Hunde, die mir je begegnet sind, er ist schlau und lernbegierig. Er hört ausgezeichnet und wäre er nicht so ein kleiner Hund, hätte die Polizei ihn vermutlich sehr gut gebrauchen können.« Nachdem Elsy ihr Plädoyer für Demon beendet hatte, herrschte Stille. Sie hatte es satt, sich zu rechtfertigen, und setzte, ohne ein weiteres Wort an den Inspektor zu richten, ihren Spaziergang fort.

»Miss Moore … Entschuldigen Sie. Meine vorschnelle Einschätzung Ihres Hundes war unangemessen«, sagte der Inspektor und schloss zu ihr auf. Als er sah, dass Elsy bei dem einen oder anderen Schritt das Gesicht verzog, verstärkte sich sein schlechtes Gewissen. »Sie haben Schmerzen«, stellte er fest.

»Es ist nur kurzfristig schmerzhaft.« Ihre Stimme klang noch immer etwas abweisend.

»Kurzfristig schmerzhaft?«, hakte er vorsichtig nach.

»Hin und wieder zwickt es hier ein wenig.« Elsy deutete auf eine Stelle an ihrem Bauch. »Es ist nichts Schlimmes. Wahrscheinlich nur eine kleine Prellung.«

Der Inspektor sah wenig überzeugt aus.

Elsy, die es bemerkte, ließ ihm keine Möglichkeit, weiter zu bohren, und lenkte das Gespräch in eine andere Richtung. »Und Sie gehen Joggen.« Mehr eine trockene, wenig interessierte Feststellung als eine Frage.

Natürlich erkannte der Inspektor die Ablenkung, spielte jedoch mit, obgleich er nicht gerne über sich selbst sprach. Er antwortete zögerlich, »Jeden Tag, wenn ich es schaffe. Ich bin gerne draußen, in der Natur. Gehen Sie Joggen?«

»Guter Scherz!« Elsy lachte. Sie konnte niemandem wirklich lange böse sein. Sie war einfach kein nachtragender Mensch.

Elsys Lachen war ansteckend. Der Inspektor konnte kaum selbst ein Lächeln verbergen, als er nachfragte, »Warum lachen Sie?«

»Sport ist Mord … Aber Spaß beiseite. Joggen ist nicht meins. Um ehrlich zu sein, ich kann mich für keine Sportart richtig begeistern. Außerdem durch meinen Job bekomme ich genug Bewegung.«

»Verstehe … Ich als Schreibtischtäter brauche einen Ausgleich.«

Elsy wunderte sich. Er ging jeden Tag joggen und sie mehrfach am Tag mit Demon Spazieren, warum hatten sie sich bislang nie getroffen?

Als sich nun der Fußweg gabelte, stoppte sie, um sich zu verabschieden. Sie wusste, wo der Inspektor wohnte, und nahm an, dass sie ab hier getrennte Wege gingen.

Der Inspektor wohnte auf der anderen Seite des Dorfes. Sein kleines Haus lag abgelegen an einem Weiher. Elsy vermutete, dass er sich ganz bewusst für dieses Haus entschieden hatte. Dort hatte er seine Ruhe. Er machte zumindest den Eindruck, als suchte er nach Ruhe. Andererseits gab es nicht viele leer stehende Häuser in Stricktony. Eine andere Wahl hatte er vielleicht nie gehabt.

»Ich bringe Sie nach Hause«, beschloss der Inspektor und deutete ihr den Weg. »Ich bestehe darauf!«, ergänzte er und erstickte damit ihren Protest direkt im Keim.

Elsy murmelte ein verhaltenes: »Danke.« Es gab überhaupt gar keinen Grund, sie zu begleiten.

»Also, Sie hassen Sport. Aber irgendetwas muss es doch geben, was Sie gerne machen.«

»Hass ist ein hartes Wort. Ich hasse Sport nicht. Es ist einfach nicht meins. Obwohl, Wandern mag ich ... Entspannt Spazierengehen ... Hier und da ein Foto schießen, von schönen Dingen und Orten.«

»Sie sind aber nicht eine von diesen verbissenen Ornithologen, die sich stundenlang auf die Lauer legen, um eine bestimmte Vogelart zu beobachten?«, scherzte er.

»Dafür wäre ich viel zu laut. Und zu ungeduldig. Ich glaube, ich bin der ungeduldigste Mensch der Welt.«

»Einsicht ist der erste Schritt zur Besserung. Und das darf ich sagen. Hätten Sie diesen Titel nicht für sich beansprucht, hätte ich es getan.«

»Aber müssen Sie nicht geduldig sein für Ihren Job?«

»Ich werde gezwungen geduldig zu sein. Das heißt nicht, dass ich es bin.«

»Darf ich vorstellen: Inspektor Quinn. Der zweit ungeduldigste Mensch der Welt, Sportfanatiker und ... Bäcker!«, neckte sie ihn.

»Warum klingt das Wort *Bäcker* aus Ihrem Mund nur so ungläubig?«

»Wie ich bereits sagte, Sie sehen nicht gerade aus, wie jemand der backt.« Elsy machte eine wegwischende Handbewegung, als sie auf ihn zeigte. Es machte ihr Spaß, ihn zu necken.

»Und wie sehen Menschen aus, die backen? Muss ich mir etwa einen dicken Bauch zulegen, um in ihren Augen zu bestehen?«

»Das wäre definitiv ein Anfang. Jeder leidenschaftliche Bäcker braucht eine Kekswampe.«

»Eine Kekswampe? Und wo finde ich die bei Ihnen?« Jetzt war er es, der auf sie deutete.

»Glauben Sie mir, die bekommen Sie ganz bestimmt nicht zu Gesicht.«

»Aber sie existiert?«

»Forscher haben die Existenz vor Jahren bestätigt.«

»Sie haben mich überzeugt.«

»Okay, wenn Sie also so gerne backen … Was ist Ihr Lieblingsrezept?«

»Das ist einfach. Brownies mit karamellisierten Haselnüssen. Die Haselnüsse häute ich, bevor ich sie karamellisiere. Ich erhitze die Haselnüsse dafür im Backofen. Das hat auch den Vorteil, dass sie dadurch etwas weicher werden und hinterher auf dem Brownie nicht zu fest sind. Für den Brownie an sich verwende ich ein klassisches Rezept ohne viel Schnickschnack. Das Rezept mache ich bestimmt einmal im Monat.«

Oh … Okay…, wie war das mit dem Schubladendenken nochmal und dass man es sich abgewöhnen sollte. Elsy begriff in diesem Moment, er konnte wirklich backen. Sie überspielte ihre Verwunderung mit einem Scherz: »Das ist gemein. Jetzt habe ich Hunger auf Brownies.«

»Den letzten habe ich heute zum Frühstück gegessen.« Entschuldigend zuckte er mit den Schultern und grinste diebisch.

Der Mann aß Brownies zum Frühstück und sah so aus! Das war ungerecht. Noch ungerechter war allerdings, dass er den letzten gegessen hatte, und sie damit keine Chance mehr hatte, ihm einen abzuschwatzen, um sich selbst ein Urteil zu bilden. »Jetzt mag ich Sie nicht mehr leiden.«

»Als wenn Sie mich vorher gemocht hätten.« Es war als Scherz gemeint, aber irgendwie fühlte sich Elsy mit dieser Bemerkung unwohl. Sie wusste nicht, was sie erwidern sollte. Der Inspektor hatte so einige Eigenschaften, die sie nicht als sonderlich attraktiv empfand. Er war rechthaberisch, manchmal arrogant und auf eine unterschwellige Art dominant. Aber deswegen hasste sie ihn ja nicht gleich. Sie wusste nicht, was sie von ihm hielt. Im Grunde kannte sie ihn kaum.

Da Elsy keine schlagfertige Antwort einfiel, entstand plötzlich eine peinliche Stille. Elsy suchte händeringend nach einer Ablenkung. »Und ... gibt es schon einen Verdächtigen?«

»Miss Moore, Sie wissen doch ganz genau, dass ich darüber nicht sprechen darf.«

Elsy spielte die Enttäuschte.

»Aber, wo wir schon einmal bei dem Thema sind. Es gibt in der Tat Neuigkeiten, die Sie interessieren dürften und von denen ich Ihnen sogar berichten darf. Jake Hides Leiche wurde freigegeben. Er wird in zwei Tagen beerdigt.«

»So schnell!«

»Ja. Pastor Wilson kümmert sich darum. Da Mr Hide keine Familie hat, bot er seine Hilfe an.«

»Das ist sehr nett.«

»Ich finde das selbstverständlich. Mr Hide hat jahrelang für Pastor Wilson gearbeitet. Es ist ja wohl das Mindeste, dass er sich darum kümmert. Und ... möchten Sie mir auch etwas berichten?«

Elsy überlegte kurz. Wenn sie ihm auch ein paar Kleinigkeiten anvertraute, so erwiderte er den Gefallen vielleicht erneut. Elsy kam nicht umhin, festzustellen, dass sie sich zu einer ziemlich neugierigen Person entwickelt hatte. Aber um darüber nachzudenken, hatte sie jetzt keine Zeit. Sie musste gut überdenken, was sie dem Inspektor sagte. »Ich habe mit Trudy Jenkins gesprochen. Frances Millers Mutter. Wie ich zufällig erfuhr, lebte sie eine Zeit lang in dem Kinderheim, in dem auch Jake Hide und Callum Brown aufwuchsen. Ich dachte, vielleicht erinnert sie sich an eine Besonderheit, einen Grund, warum jemand den Wunsch verspüren könnte, beide Männer zu töten. Leider geht es Trudy nicht sehr gut. Sie hatte vor ein paar Jahren einen Schlaganfall und redet kaum. Frances, die ich im Pflegeheim getroffen habe, wusste leider auch nichts zu berichten. Sie sehen ..., ich tappe im

Dunkeln.« Elsy seufzte. »Ich hoffe, Sie hatten mehr Glück und haben eine Spur. Das Dorf ist ganz schön in Aufruhe wegen der Morde. Die Menschen haben Angst vor einem weiteren Mord.«

Inspektor Quinn wirkte mit einem Male sehr angespannt. »Ich weiß. Die Morde machen vielen Menschen Angst. So oft wie in den letzten Tagen bin ich noch nie auf der Straße angesprochen worden. Jeder will erfahren, wie der Stand der Ermittlungen ist. Wir tun, was wir können.« Er sah sie von der Seite an und schaute dabei mürrisch. »Sie sollten wirklich aufhören, auf eigene Faust zu recherchieren.«

»Was heißt schon recherchieren! Ich habe lediglich meine Ohren offen gehalten.«

»Ich denke, Sie haben mehr getan als das. Und das wissen wir beide.«

»Damit ist sowieso Schluss. Trudy war mein einziger Anhaltspunkt. Ich wüsste gar nicht, wo ich weiter ansetzen sollte.«

»Das freut mich, zu hören.« Der Inspektor machte einen zufriedenen Eindruck.

Als nun Elsys Haus hinter dem großen Eingangstor von Freds Anwesen in Sicht kam, gingen sie die letzten Meter schweigend nebeneinander her.

Kurz empfand Elsy die Stille als unangenehm. Es gab nur wenige Menschen, neben denen sie sich schweigend wohlfühlte. Fred war einer davon. In der Regel hatte Elsy das Bedürfnis, die Leere mit einem Gespräch zu füllen, und plapperte in Gesellschaft daher einfach drauf los. Jetzt versuchte sie, sich auf Demon zu konzentrieren, und machte ihn an die Leine, bevor sie die Straße überquerten. Es war besser zu schweigen, als noch irgendwelche Geheimnisse auszuplaudern, von denen der Inspektor besser nichts erfuhr, wie die Existenz der Fotos vom Kinderheim.

An ihrem Haus angekommen, kniete sich Elsy neben Demon und machte ihn von der Leine los. »Rate mal, wer jetzt ein Bad bekommt.« Sie kraulte ihn hinter den Ohren. Demons Gesicht war das Einzige, was nicht in Schlamm getaucht war. »Demon, hinters Haus! Und warte!«, gab sie ihm den Befehl.

Demon sprang auf und flitzte schwanzwedelnd los.

»Ich habe eine kleine, gusseiserne Wanne hinter dem Haus«, erklärte sie dem Inspektor. »Demon sieht gleich wieder wie neu aus.«

»Und er lässt das alles mit sich machen?«, zweifelte er.

»Klar. Sofern ich das Wasser vorher erwärme, ist das kein Problem. Kaltes Wasser mag er nicht. Außerdem will ich ja auch nicht, dass er krank wird.«

Der Inspektor nickte skeptisch.

»Also … danke für's Nachhausebringen«, versuchte Elsy sich zu verabschieden.

»Das war selbstverständlich«, erwiderte der Inspektor gleichmütig und überlegte dann kurz. Er legte ein ernstes Gesicht auf, als er weitersprach. »Wäre es in Ordnung, wenn ich Ihnen meine Handynummer gebe? Für den Fall, dass Sie doch noch etwas Neues in Erfahrung bringen. *Und nicht dass wir uns falsch verstehen: Sie sollen nicht selbst recherchieren!*«, sagte er mit Nachdruck. »Nur falls Sie zufällig etwas hören, von dem Sie glauben, es könnte der Polizei weiterhelfen, und Sie erreichen niemanden auf dem Revier.«

Elsy musste blinzeln. Warum redete er plötzlich so gestelzt? Dieser Mann war mehr als wunderlich. »Sicher. Am besten gebe ich Ihnen meine und Sie klingeln gleich kurz durch. Ich habe mein Handy nicht dabei.« Nachdem sie ihm ihre Nummer diktiert hatte, versuchte sie sich erneut zu verabschieden. »Ja dann, guten Tag, Inspektor. Einen schönen Sonntag noch.«

»Den wünsche ich Ihnen auch.«

Elsy war kaum die Tür rein – sie benötigte warmes Wasser für Demons Bad –, da machte das künstliche Gläserklirren ihres Handys sie auf eine neue Nachricht aufmerksam. Es lag auf dem Wohnzimmertisch und da ihre Hände lehmverkrustet waren, navigierte sie mit ihrem einzig sauberen Finger zu der neuen Nachricht. Da die Nachricht von einer unbekannten Nummer stammte, konnte es nur der Inspektor sein.

Unbekannte Rufnummer: Bis Dienstag

Elsy musste schmunzeln. Inspektor William Quinn war also ein Nachrichten-Typ. Interessant. Sie grinste noch mehr, als ihr bewusst wurde, was diese Nachricht bedeutete. Denn sie spielte gleich auf zwei Dinge an. *Bis Dienstag* konnte bedeuten, wir sehen uns auf Freds Dinner, zu dem er zum wiederholten Male und aus gutem Grund von Fred eingeladen worden war. Eine andere Möglichkeit war, dass er sie besser kannte, als ihr lieb war, und er vermutete, sie bei Mr Hides Beerdigung anzutreffen. Denn eins war gewiss, die Beerdigung würde sie sich nicht entgehen lassen.

10

Friedhöfe hatten etwas Widersprüchliches an sich, denn sie spiegelten so vieles wider. Sie waren Orte der Erinnerungen, Orte des Abschieds und der Trauer und sie waren Zeugen der Zeit. Um sie rankten Mythen und Gruselgeschichten.

Für Elsy hatten Friedhöfe darüber hinaus etwas Befremdliches, denn bis zu dem Tod und der Beerdigung einer Person verband diese doch meistens nichts mit einem Friedhof. Es war ein völlig fremder Ort, an dem der geliebte Mensch fortan ruhte. Sie verstand, dass manche Menschen einen Ort brauchten, um sich zu erinnern oder mit dem Verstorbenen zu sprechen, und natürlich hatte nicht jeder ein großes Grundstück, auf dem Beerdigungen erlaubt waren, sodass die Person an einem bekannten Ort ihre letzte Ruhe fand. Dennoch für Elsy funktionierte das Konzept eines Friedhofs persönlich nicht. Wenn irgendjemand ihr nahestehendes einmal sterben sollte, würde sie die Urne mit der Asche auf ein Regal in ihrem Wohnzimmer stellen und sie jeden Morgen grüßen – vorausgesetzt die betroffene Person hätte nichts dagegen. Für sie war das viel persönlicher.

Es war nicht so, dass der Friedhof von Stricktony kein schöner Ort gewesen wäre, wenn man einen Friedhof denn überhaupt als schön bezeichnen konnte, aber letztendlich war es ein Ort der von Stille und Trauer erfüllt war. Der Friedhof von Stricktony lag neben der Kirche auf einem kleinen, flachen Hügel der Stadt. Dort gab es viele alte Gräber, mit Flechten überwucherte Grabsteine, und einige neue, die man an ihren schlichten Holzkreuzen erkannte. Hier und dort gab es kleine Blumenbeete, die diesen Ort freundlicher wirken ließen. Ringsum verlief eine uralte, flache Steinmauer, die mit Moos und Flechten bedeckt war.

Jake Hides Grab lag am Rande des Friedhofs, in der Nähe eines alten Kastanienbaumes. So hatte er es sich wohl gewünscht und Pastor Wilson war seinem Wunsch nachgekommen.

Pastor Wilson, der die Grabrede hielt, war einer der wenigen Anwesenden. Ob der Grund war, dass es am frühen Morgen noch wie aus Eimern gegossen hatte, oder der, dass Mr Hide nicht viele Freunde oder gar eine Familie gehabt hatte, konnte Elsy nur erahnen. Sie schaute in das dunkle, feuchte Grab, in dem der schlichte Holzsarg ruhte, und empfand Mitleid. Und Scham, wie sie sich eingestehen musste. Fred, Imelda und sie waren zu der Beerdigung gekommen, um Mr Hide zu verabschieden, aber auch um zu sehen, ob sich jemand blicken ließ, den sie nicht kannten. Die drei hatten auf eine neue Spur gehofft. Jetzt, wo so wenige Menschen gekommen waren, fühlte sich Elsy wegen ihres Vorhabens schlecht. Aber wer konnte schon für seine Neugierde. Jeder Mensch war doch auf die eine oder andere Art neugierig. Außerdem hatte ihr Bestreben auch etwas Positives. Sie wollten schließlich der Polizei helfen, den Mörder zu schnappen.

Jake Hide war ein ruhiger Mann gewesen. In einer Menschenmenge war er nie aufgefallen. Er war weder sonderlich beliebt noch unbeliebt gewesen. Die entscheidende Frage war also, was hatte er getan, dass er sich jemanden so zum Feind gemacht hatte. Oder hatte er sogar mehrere Feinde?

Da sie nun in nur bekannte Gesichter blickten, waren sie genauso schlau wie vorher. Elsy schaute durch die Runde. Insgeheim war sie froh, dass die Stimmung nur gedrückt und nicht weinerlich war. Sie war so schrecklich nah am Wasser gebaut, hätte jemand angefangen zu weinen, wären ihr vermutlich auch Tränen gekommen.

Der Pastor, obgleich er Mr Hide am besten zu kennen schien, war sehr gefasst. Mit seiner schwarzen Robe, der geraden Haltung und seiner bedächtigen Art zu sprechen, wirkte der dünne Mann beruhigend auf die Anwesenden. Pastor Reggie Wilson war, wenn er nicht seinen beruflichen Pflichten nachkam, ein unterhaltsamer Mittfünfziger. Er lachte gerne und viel und war daher ein nicht seltener Gast auf Freds Dienstagabend-Dinnern. Wenn dieser Mann lachte, wackelten die Wände. Er hatte ein lautes Organ, das er sich wahrscheinlich über die Jahre durch seinen Beruf antrainiert hatte. Wenn man vor vielen Menschen sprach und auch noch die Person in der letzten Reihe der Kirche erreichen wollte, musste man einfach laut sprechen können.

Direkt neben dem Pastor stand Inspektor Quinn, der, wie nicht anders zu erwarten gewesen war, eine ernste Miene aufgesetzt hatte. Er schien ungerührt von dem Geschehen, lauschte den Worten des Pastors und sah sich hin und wieder um. Als er Fred, Imelda und sie zu Beginn erblickt hatte, hatte er lediglich kurz genickt, nahm im Weiteren jedoch keinerlei Notiz von ihnen. Elsys Vermutung, dass er sie hier erwartet hatte, bestätigte sich also nicht. Hätte er sie erwartet, hätte er sich doch ein Schmunzeln, auch wenn es noch so klein gewesen wäre, nicht verkneifen können. Elsy hätte geschmunzelt. Nur, sie war sie und er war er. Und Inspektor Quinn war manchmal eben ein Eisklotz, der sich nicht im Geringsten hinter die Fassade blicken ließ. Vermutlich trug er gerade eines seiner eintrainierten Gesichter zur Show, die jeder Polizist erlernte, um sich keine Gefühlsregung ansehen zu lassen. Elsy beneidete ihn um diese Fähigkeit. Sie selbst besaß null Pokerface. Und ein Pokerface war hier und dort ziemlich hilfreich. Andererseits wollte sie auch nicht als gefühlskalt gelten. So hatte wohl alles sein Für und Wider. Sie musterte ihn ein letztes Mal von Kopf bis Fuß, was sie in letzter Zeit viel zu häufig für ihren Geschmack tat, und schaute dann weiter in der Runde.

Elsys Blick wanderte zu den beiden führenden Klatschbasen des Dorfes, die inmitten der anderen Gäste standen. Es waren hauptsächlich ältere Dorfbewohner gekommen, die es höchstwahrscheinlich als ihre Pflicht erachteten, einen der ihren zu verabschieden. Insgesamt waren weniger als fünfzehn Personen anwesend.

Mildred Turner und Prudence Patel, die gefürchtetsten und gleichzeitig geschätzten Klatschbasen des Dorfes hatten ihre Stellung gegenüber dem Pastor bezogen. Von dort konnten sie alles und jeden am besten beobachten. Mildred war wie ihre Schwester, Prudence, Witwe. Sie beide hatten ihre Ehemänner überlebt und wohnten seit vielen Jahren gemeinsam in einem Haus. So, wie sie dort Arm in Arm standen, bildeten sie eine eingeschworene Einheit. Die Schwestern waren Anfang achtzig und verkörperten das, was Elsy unter einer typischen Oma verstand. Sie hatten graue, kurze Haare, die onduliert waren. Ihre Kleidung, die meist aus einem längeren Rock, einer Bluse und einer Strickjacke bestand, war stets in Beige- und Pastelltönen gehalten. Heute trugen sie darüber eine Tweedjacke, einen dazu passenden, kurzen Seidenschal und einen kleinen, kecken Hut, der leicht schräg auf ihren Köpfen saß. Prudence, die Jüngere von beiden, war schlank. Mildred, die wie Elsy eine Vorliebe für alles Süße hatte, war etwas korpulenter gebaut. Hätte Elsy nicht gewusst, dass die Passion der Schwestern der Klatsch und Tratsch des Dorfes war, hätte sie die beiden als vollkommen harmlos eingestuft. Mit ihrem Wissen jedoch, war sie auf der Hut und ging ihnen lieber aus dem Weg.

Momentan verhielten sich die Schwestern ruhig und lauschten dem Pastor. Sie hatten ihrem Dreiergespann, das aus Fred, Imelda und ihr selbst bestand, jedoch schon mehrmals neugierige Blicke zugeworfen. Elsy befürchtete, sollte der Pastor seine Grabrede beendet haben, würden die Frauen über sie, und insbesondere über Fred, herfallen.

Sie schaute zu Fred rüber, der erst sie ansah, dann die Schwestern und dann wieder sie. Er zwinkerte Elsy zu und zuckte gleichzeitig kaum merklich mit den Schultern. Fred hatte also dieselbe Vermutung.

Als der Pastor zum Ende seiner Rede kam, wappnete sich Elsy innerlich.

»So ruhe in Frieden, mein Sohn. Amen!« Pastor Wilson zeichnete ein Kreuz über seiner Brust.

»Amen!«, echoten die anderen.

Kaum trat Pastor Wilson vom Grab zurück, ging Fred auf ihn zu. »Darf ich Sie kurz sprechen, Pastor?«, bat er lauter, als er musste, sodass jeder der Anwesenden ihn verstand.

Elsy begriff augenblicklich. Fred war ein Fuchs. Sie sah zu den Schwestern und erblickte ihre verstimmten Mienen. Jetzt, wo Fred Beistand vom Pastor erbat, würden sie sich nicht trauen, ihn zu belästigen. Sie folgte Fred ohne zu zögern. Imelda, die die Situation ebenso erfasste, schloss sich ihnen an.

»Mein Beileid, Pastor«, begann Fred das Gespräch. Er hatte sich für den heutigen Anlass in Schwarz gekleidet.

»Danke, mein Freund«, erwiderte der Pastor mit seiner lauten Stimme und schickte sich an, im Weiteren leiser zu sprechen. »Eine fürchterliche Sache. Fred, ich hoffe, du nimmst es mir nicht übel, dass ich heute auf deine Einladung verzichte.«

»Keineswegs. Dafür habe ich vollstes Verständnis.«

»Danke.«

Sie stellten sich kurz an die Seite, um ungestört sprechen zu können.

»Komm doch einfach nächste Woche zum Dinner.«

»Das Angebot nehme ich gerne an. Auf Miss Moores Kochkünste verzichte ich nur ungern.«

Als der Inspektor an ihnen vorbeiging und zur Verabschiedung rasch nickte, nutzte Fred die Gelegenheit, um den Pastor auf Hide anzusprechen.

»Es ist unfassbar, dass einer von uns auf so eine schreckliche Art und Weise von uns gehen musste.«

Reggie nickte.

»Und die Polizei tappt allem Anschein nach im Dunkeln. Bislang wurde niemand verhaftet. Überhaupt frage ich mich, wer einem so ruhigen Gesellen wie Hide etwas Böses gewünscht hat.«

»Ruhig war er ... zumeist, aber nicht immer.« Reggie überlegte, ob er weiter sprechen sollte. »Das Folgende bleibt unter uns. Ich möchte eigentlich nicht schlecht über jemand Toten reden, aber es beschäftigt mich schlichtweg zu sehr, und ich weiß, ihr werdet schweigen. Es weiß sonst nur die Polizei davon. – Jake Hide war nicht immer so still, nicht immer so zurückhaltend. Nicht, wenn er zu tief ins Glas geschaut hat. Und das tat er öfters, als gut für ihn war.«

Fred sah ihn fragend an. Meist war es erfolgreicher, die Leute einfach reden zu lassen und nicht nachzufragen.

»Nicht hier in Stricktony. Dann hätte ja jeder davon gewusst. Zum Trinken ist er nach Broxtony rüber. Soweit ich weiß, hatte er Freunde dort. Jetzt frage ich mich natürlich, ob er dort auch Feinde hatte. Um ehrlich zu sein, habe ich mir zu seinen Lebzeiten nie die Mühe gemacht, mehr über ihn zu erfahren. Ich hatte ihn ermahnt, weniger zu trinken, aber vielleicht hätte ich ihm mehr Beistand zukommen lassen müssen. Vielleicht hätte ich so verhindert, dass er mit den falschen Leuten in Kontakt kommt, und er würde heute noch leben«, gestand er.

»Mr Wilson, so etwas dürfen Sie nicht denken!«, schaltete sich Imelda ein und versuchte, gut auf ihn einzureden. »Sie sind ein sehr guter Pastor. Die Menschen hier schätzen Sie. Und letztendlich hat jeder Mensch sein Schicksal doch selbst in der Hand. Nicht wahr? Der da oben kann schließlich auch nicht alles richten.« Imelda, die sich heute in einen langen, schwarzen Mantel gehüllt hatte, hielt sich merklich zurück, das wusste Elsy. Normalerweise hätte sie ihrem Gegenüber in solch einer Situation den Arm getätschelt oder seine Hand genommen, um so ihre Verbundenheit auszudrücken. Beim Pastor blieb sie bewusst auf Abstand. Vermutlich wollte sie ihn keinem Klatsch aussetzen.

Elsy versuchte, den Pastor von seinen Selbstvorwürfen abzulenken, und sprach ein anderes Thema an. »Pastor Wilson, warum hat Mr Hide eigentlich überhaupt so lange für Sie gearbeitet? Ich meine, er war über siebzig. Er hätte doch schon längst in Rente sein müssen.«

»Das war er auch. Er erhielt eine kleine Pension und da er gerne im Küsterhaus wohnen bleiben wollte, vereinbarten wir, dass er weiterhin das eine oder andere für die Kirche erledigt. Das war für beide Parteien eine sehr faire Vereinbarung. Das Haus, so wie es ist, kann nämlich momentan nicht vermietet werden. Es stehen Unmengen an Reparaturen an. Sobald ich einen neuen Küster einstelle, der darin wohnen möchte, müssen wir es vorab von Grund auf renovieren.«

»Verstehe. Wenn du Unterstützung benötigst, sag gerne Bescheid«, bot Fred an.

»Wir helfen gerne«, schlossen sich Imelda und Elsy an.

»Danke … Beizeiten komme ich bestimmt auf eurer Angebot zurück.« Pastor Wilson sah mit einem Male müde aus.

»Sehr richtig, alles zu seiner Zeit. Aus diesem Grund lassen wir dich auch jetzt allein. Du hast bestimmt noch eine Menge Dinge zu erledigen. Begleitest du uns noch nach vorn.« Fred deutete ihm an, voranzugehen.

»Gewiss.«

Als Fred und Reggie ein Stück vorgegangen waren, hakte sich Imelda bei Elsy unter. »Das zum Thema: Stille Wasser sind tief. Jake Hide hat also zu oft und zu tief ins Glas geschaut. Es würde mich nicht wundern, wenn er deshalb Feinde hatte.«

»Warum? Nicht jeder, der trinkt, ist gleich ein Arschloch und macht sich Feinde.«

»Vermutlich hast du recht, aber die Wahrscheinlichkeit, dass er durch das Trinken Schulden gemacht hat oder sich vielleicht mit den falschen Leuten eingelassen hat, ist doch recht hoch.«

»Fragen über Fragen …« Elsy sah noch einmal zurück, um einen letzten Blick auf Jake Hides Grab zu werfen.

Genau in diesem Moment trat ein großer, kräftiger Mann in Arbeitskleidung hinter der alten Kastanie hervor. Er ging schnellen Schrittes und kaum hatte er das Grab erreicht, spuckte er darauf. Elsy konnte es nicht glauben. Sie waren mehr als dreißig Meter entfernt, aber sie war sich sicher. Er hatte auf das Grab gespuckt.

Schnell sah sich wieder um. Mit alarmierender Stimme machte sie ihre Freundin aufmerksam. »Imelda, dreh dich kurz um und sieh dir den Mann an! Kennst du ihn?«

Imelda tat wie geheißen. »Das ist Efrem«, brauchte sie nicht lange zu überlegen. »Warum? Was ist los?«

»Dreh dich um! Dreh dich wieder um! Er darf nicht sehen, dass wir ihn gesehen haben.«

»Mein Gott, Elsy! Was ist los?« Die Panik in Elsys Stimme ließ auch Imelda unruhig werden.

»Er hat auf das Grab gespuckt!«

»Was hat er!? Auf welches Grab?«

»Auf Jake Hides Grab natürlich!«, presste Elsy zwischen den Zähne hindurch, um nicht laut zu schreien.

»Was!?« Auf Imeldas Gesicht spiegelte sich Entsetzen und Zweifel wider.

»Ja! Ich hab's genau gesehen. Er kam hinter der Kastanie hervor. Anscheinend hatte er sich dort versteckt. Und kaum stand er am Grab, hat er darauf gespuckt. Danach muss er noch etwas gesagt haben. Es sah zumindest so aus, als hätten sich seine Lippen bewegt. – Ist er noch da?«

Imelda schaute nur flüchtig zurück.»Nein, er ist weg.«

»Warum hat er das getan? Oh mein Gott, Imelda, was ist, wenn er der Mörder ist? Lass uns schneller gehen!«

»Elsy …«, sagte Imelda mit sanfter Stimme.»Okay, er hat auf das Grab gespuckt. Und das ist übel, aber deswegen ist er nicht gleich ein Mörder.«

»Ich reagiere über, oder?«

Imelda konnte sich ein Lachen nicht verkneifen.»Ja, das tust du.«

»Tschuldigung. – Okay, kurz durchschnaufen. Gedanken sortieren. Logisch denken«, redete sie sich selbst zu. Elsy atmete tief ein und aus.»Also, Efrem … Wer ist der Mann? Und überhaupt, woher kennst du einen Mann, der auf Gräber spuckt?«

»Ich sehe, du hast dich erholt.« Imelda rollte amüsiert mit den Augen.»Efrem Martinelli ist einer von Freds Pächtern. Er baut Bio-Weizen an und züchtet eine spezielle Art von Rindern, auch auf ökologische Art. Und um deine nächste Frage zu beantworten, ich habe keine Ahnung, weshalb er auf Hides Grab gespuckt hat.«

»Er muss jedenfalls einen ganz schönen Hass auf ihn haben.«

»In der Tat.«

»Glaubst du, er wäre zu so etwas fähig? Ich meine zu Mord.«

»Er hat, wie sein Name dir sicherlich schon verraten hat, italienische Wurzeln und zuweilen dieses typische hitzige Temperament, das Italienern so nachgesagt wird.« In Imeldas Blick flammte kurz etwas auf.»Aber das heißt nicht, dass er deshalb zu einem Mord fähig ist. Er ist ein sehr netter, angenehmer Mann. Charmant. Zuvorkommend.«

»Ich sehe, du bist vollkommen unvoreingenommen.« Elsy

grinste diebisch. »Mag er dich … zufälligerweise auch? Und nein, ich frage nicht, um dich zu verkuppeln.«

»Was hast du jetzt schon wieder im Sinn?«

»So wie ich das sehe, haben wir für das Dinner heute Abend noch einen Platz frei. Und so ein überaus charmanter Mann wie Efrem würde doch die Lücke, die der Pastor hinterlassen hat, ausgezeichnet füllen. Meinst du nicht?«

»Du meinst, um ihn unter die Lupe zu nehmen. Sicher, warum nicht.«

»Du könntest ihn einladen. Wer würde dir schon einen Korb geben. Fred hat bestimmt nichts dagegen. Im Gegenteil, ich denke, er wird sehr angetan von unserer Idee sein.«

»So schnell mutiert man also vom Angsthasen zu Hercule Poirot«, zog Imelda sie auf.

Elsy zuckte lediglich mit den Schultern. Was sollte sie sagen. Die Neugierde hatte ihre anfängliche Furcht übermannt.

»Ich lade ihn in Freds Namen ein. Und ich werde, wenn ich das nächste Mal in Broktony bin, mich ein wenig umhören. Hide hatte bestimmt eine Stammkneipe. Vielleicht war es das Trinken, was ihn und Callum Brown verbunden hat. Und wer weiß, womöglich noch mehr Personen.«

11

»Mmh … Ist das gut!« Erneut tauchte der Metzger ein Stück Rinderbraten in die dunkle Biersauce, die Elsy zubereitet hatte, und stöhnte genüsslich auf, als er das Stück Fleisch in den Mund nahm.

Peter O'Reilly machte seinem Beruf alle Ehre. Er liebte Fleisch und Wurst und das sah man ihm auch an. Er hatte einige Pfunde zu viel in der Bauchregion und sein Gesicht war gekennzeichnet durch rosige Pausbacken. Vermutlich hatte er durch sein Übergewicht einen leichten Bluthochdruck, der sein Gesicht stets leicht rot färbte. »Allein schon für diese Sauce würde ich Sie heiraten«, sagte er mit vollem Mund.

»Peter!«, ermahnte ihn seine Frau pikiert. »Nicht mit vollem Mund!«, flüsterte sie hinterher.

»Entschuldige, meine Liebe.« Mr O'Reilly warf seiner Frau einen liebevollen Blick zu, die gleich daraufhin schon wieder versöhnt schien.

Maggie O'Reilly war eine unscheinbare, aber über die Maßen freundliche Person. Und sie liebte ihren Mann sehr. Die beiden warfen sich Blicke zu, als wären sie noch immer frisch verliebt. »Ich kann meinem Mann nur zustimmen«, richtete sie nun das Wort an Elsy. »Das Essen ist köstlich. Der Feldsalat mit Speck und Birnen war schon ein Gedicht, aber das hier ist wirklich nicht zu toppen.«

Elsys Hauptgang bestand aus Rinderbraten, einer deftigen, schweren Biersauce, die mit Starkbier zubereitet wurde, Ofengemüse und Kartoffelstampf, der eine fein abgestimmte Muskatnote aufwies. Nichts wirklich Aufregendes, wie Elsy selbst fand, aber gut gemacht ein allseits beliebtes Gericht.

Überhaupt, ein schmackhaftes Essen brauchte oft nicht viel, entscheidend waren Röstaromen und mutig zu würzen.

»Warten Sie, bis das Dessert kommt. Elsys Desserts sind ein Traum!«, lobte Fred sie, der vor Kopf am großen Esstisch saß.

Elsy, die einen Stammplatz an seiner Seite hatte, freute sich sichtlich über das viele Lob, errötete jedoch leicht, da sie sich mit so viel Aufmerksamkeit nicht wohlfühlte. Gespielt unbeteiligt zupfte sie ein paar imaginäre Flusen von ihrem dunkelblauen Etuikleid.

»Ich hoffe, Ihnen gefällt meine Wahl. Ich habe mir einen Beeren-Trifle gewünscht«, kündigte Fred weiter an. Fred war wie eh und je der perfekte Gastgeber: Charmant, unterhaltsam und er hatte für jeden ein offenes Ohr. Er hatte ein Talent dafür, dass sich die Menschen in seiner Nähe wohlfühlten, obgleich er sich nicht dafür anstrengte. Fred trug wie bei jedem seiner Dinner eine dunkle Stoffhose und ein Buttondown-Hemd. Seinen heißgeliebten Strickpullunder tauschte er für diese Art Anlass gegen ein Tweedjackett.

»Ich liebe Trifle«, schloss sich Imelda an, die Elsy gegenüber saß. Imelda sah heute aus wie die römische Göttin Venus. Im sanften Licht des Salons schimmerte ihr blondes, in Wellen gelegtes Haar. Sie trug ein tief ausgeschnittenes, schulterfreies, schwarzes Kleid, das ihre Kurven optimal zur Geltung brachte. Elsy konnte neidlos anerkennen, dass ihre Freundin der Blickfang des heutigen Abends war.

»Zu einem guten Trifle sag ich auch nicht nein. Aber die viele Arbeit! Ich glaube nicht, dass ich jemals selbst einen Trifle zubereitet habe … Nein«, klinkte sich Rufus Clark, der Kirchenchorleiter des Dorfes, in das Gespräch mit ein.

Elsy musste bei dieser Bemerkung schmunzeln. Den Trifle, den sie heute auf die Schnelle gemacht hatte, war schändlicherweise mehr Fertigprodukt als alles andere. Für mehr hatte sie nach der Beerdigung einfach nicht die Zeit gehabt.

Sie hatte Mascarpone mit Schlagsahne vermischt und mit Beerengrütze und einer Mischung aus zerbröselten Hafercookies und Zwieback, welche sie zusätzlich mit Mandellikör beträufelt hatte, geschichtet. Elsy nannte so etwas zielgerichteten Pragmatismus.

Diese zwei Worte beschrieben auch ziemlich genau Freds imaginäres Motto des heutigen Abends. Jeder der Gäste war gezielt ausgewählt worden, um Hinweise zu Jake Hides Ermordung zu sammeln. Obgleich Peter O'Reilly erst kürzlich am Dinner teilgenommen hatte, wollte Fred ihn dabei haben, da er und seine Frau in deren Metzgerei vieles mitbekamen. Rufus Clark hatte als Chorleiter Kontakt zu Jake Hide gehabt und Fred hoffte, dass er ein wenig aus dem Nähkästchen plauderte. Efrem Martinelli hatte seiner Spuckattacke auf das Grab zu verdanken, eingeladen worden zu sein, und der Inspektor war eingeladen, weil er eben der Inspektor war.

Inspektor William Quinn saß Fred vor Kopf gegenüber und hatte so einen ausgezeichneten Überblick. Er konnte alles und jeden beobachten und genau das, tat er auch. Er lauschte den Gesprächen und sprach selbst eigentlich nur, wenn er angesprochen wurde. Vermutlich machte er niemals Feierabend.

Elsy betrachtete ihn kurz von der Seite. Er ließ das Rotweinglas in seiner Hand kreisen, bevor er einen Schluck nahm. Seine Miene sah ernst aus, aber er schien entspannter als sonst. Das erkannte Elsy daran, dass er weniger die Stirn runzelte und sein Grübchen am Kinn weniger sichtbar war. Wenn der Inspektor sich richtig aufregte, verkrampfte sich sein Kiefer und das Grübchen zeichnete sich deutlich ab, so viel hatte sie bislang über ihn gelernt. Und es war wichtig für Elsy, die Menschen zu kennen, sie einschätzen zu können. Menschenkenntnis, Beobachtungsgabe und Empathie waren ihr wichtige Eigenschaften ihres Seins. Und Neugierde, wie sie sich neuerdings eingestehen musste. Nur zu gern hätte sie gewusst, was der Inspektor über die Gäste dachte und was er über die Morde wusste, ihr aber nicht verraten wollte. Es ärgerte sie ein wenig, dass er mehr wusste. Obwohl, dass Efrem nach der Beerdigung auf Hides Grab gespuckt hatte, wusste er nicht, und das wiederrum zauberte ihr ein Lächeln aufs Gesicht.

Als das Gespräch ins Stocken zu geraten schien, ließ Elsy ihren Blick über den Salon schweifen und überlegte, wie sie das Gespräch auf Hide und Brown lenken konnte, aber ihr viel nichts Passendes ein. Sie konnte schließlich nicht so plump sein und einfach fragen: Hey, wer von euch weiß eigentlich etwas über die Morde? Sie schaute hinaus in die Dunkelheit und sah die tanzenden Lichter der Kerzenleuchter auf den großen Fenstertüren reflektieren. Der Salon wirkte bei Kerzenschein noch prunkvoller. Das polierte Holz der Möbel glänzte im gedämpften Licht. Der Kronleuchter an der Decke funkelte sanft und war ein faszierender Blickfang. Im Hintergrund spielte leise klassische Musik. Elsy genoss die stimmungsvolle Umgebung und so brauchte sie einen Moment, um zu bemerken, dass Peter O'Reilly ihr gerade die Arbeit abgenommen hatte und auf Jake Hide zu sprechen gekommen war.

»Entschuldigen Sie bitte, was haben Sie gesagt?«

Peter O'Reilly lächelte gutmütig. ›Ich sagte, der gute, alte Hide wird so ein schmackhaftes Essen nie wieder genießen.«

Automatisch ging Elsys Blick zu Efrem, der ihr schräg gegenüber saß.

Er lupfte seine dunklen, buschigen Augenbrauen und guckte mürrisch. Efrem Martinelli war kein sonderlich hübscher Mann, aber auf seine eigene Art sehr interessant. Er war ein rauer, uriger Typ mit einem breiten Gesicht und einer markanten Nase und er hatte eine gewisse Aura aus Selbstsicherheit und Kraft, die sicherlich dazu führte, dass die Frauen mehr als einen Blick riskierten. Elsy schätzte ihn auf Anfang fünfzig. Da er bislang nicht viel gesprochen hatte, konnte sie sich noch kein richtiges Bild von ihm machen. Bis auf, dass er sehr höflich und zuvorkommend war. Er hatte Fred als Dank für die Einladung einen italienischen Rotwein mitgebracht und Elsy im Besonderen einen Blumenstrauß mit pinken Astern und blauen Disteln, da sie letztendlich die ganze Arbeit hatte. Imelda und Mrs O'Reilly half er beim Platz nehmen mit dem Stuhl. Elsy war ratlos. Was hatte diesen Mann nur dazu bewogen, auf ein Grab zu spucken?

»Ich glaube kaum, dass er jemals ein so gutes Essen genießen durfte«, sagte der Chorleiter, der neben Elsy saß, und tätschelte ihre auf dem Tisch ruhende Hand. Ein paar perfekte, weiße Zähne strahlten sie an. Es war als Kompliment für sie gedacht.

Elsy blinzelte. Sie war es nicht gewohnt, dass fremde Männer sie einfach auf eine kumpelige Art berührten. Da Rufus Clark jedoch ein angenehmer, wenn auch sehr redseliger Mensch war und mit seinen Fünfundzwanzig aus ihrer Sicht noch Welpenschutz genoss, störte sie es nicht.

»Soweit ich das beurteilen kann, hat er sich lediglich von Schinkensandwiches und Kaffee mit einem extra Schuss ernährt«, erklärte Rufus leichthin.

Efrem schnaufte bei dieser Bemerkung kaum merklich.

Die anderen Gäste machten keinen Ton. Plötzlich war es mucksmäuschenstill.

»Entschuldigen Sie. Jetzt habe ich Sie schockiert«, beeilte er sich zu sagen. »Und Sie haben vermutlich recht. Über Tote spricht man nicht schlecht.« Rufus Clark rang merklich mit sich. Er wollte gerne weitersprechen, wusste aber nicht, ob es angemessen und erwünscht war.

Imelda kam ihm zur Hilfe. »Wenn es die Wahrheit ist, warum sollte man dann nicht darüber sprechen.« Sie zwinkerte ihm aufmunternd zu.

Darauf hatte Rufus gewartet. Trotzdem begann er zögerlich. »Die Wahrheit ist … Er hat mich nicht gemocht und ich habe ihn nicht gemocht. Vielleicht hätte ich ihn gemocht, wenn er nicht so engstirnig und ablehnend gewesen wäre. Schwul zu sein ist keine Krankheit. Aber er hat mich immer angesehen, als würde ich eine weltweite Pandemie auslösen. Außerdem hatte er ständig eine Fahne. Kein Wunder, dass er immer Abstand zu anderen Menschen gehalten und sich wie ein Eremit verhalten hat. Sonst hätte vermutlich auch das gesamte Dorf von seiner Trinkerei gewusst.«

Rufus Clark hatte eine ziemliche Bombe platzen lassen. Nicht, dass er schwul war, das wusste jeder im Dorf, aber dass Jake Hide ein Alkoholiker war, wusste am Tisch außer Fred, Imelda, Elsy und dem Inspektor vermutlich niemand.

Elsy spähte zum Inspektor, um seine Reaktion zu sehen, und was sie sah, überraschte sie. Denn der Inspektor grinste, wenn auch kaum merklich. Es war, als versuchte er, es zu verbergen. Er täuschte ein Husten vor und nahm einen weiteren Schluck Rotwein.

»Jake Hide, ein Trinker. So was aber auch«, hauchte Maggie O'Reilly erstaunt.

»Ist er deshalb ermordet worden?«, richtete ihr Mann die Frage an den Inspektor.

Fred, der wusste, dass der Inspektor auf diese Frage eh nicht antworten konnte, lenkte ein. »Nur weil jemand ein Alkoholproblem hat, wird dieser jemand nicht gleich ermordet.«

»Sicher …, natürlich!« Mr O'Reilly schüttelte über sich selbst den Kopf.

»Mich interessiert vielmehr, ob die beiden Morde wirklich zusammenhängen und ob die Details des Zeitungsartikels tatsächlich der Wahrheit entsprechen. Denn wenn dem so ist und man sich die weiteren Informationen genauer anschaut, kann man nur zu einer Schlussfolgerung kommen.« Rufus machte eine dramatische Pause. Jeder im Raum lauschte.

»Ich vermute, der Teetassenmörder plant einen weiteren Mord.«

Auf den Gesichtern der Gäste waren zahlreiche Emotionen abzulesen. Maggie und Peter O'Reilly blickten erschrocken und ängstlich. Efrem sah zweifelnd aus. Der Inspektor hatte abermals einen ernsten Gesichtsausdruck aufgelegt und wirkte zudem leicht genervt.

»Wird es wirklich einen weiteren Mord geben?«, fragte eine beunruhigte Mrs O'Reilly in Richtung des Inspektors.

»Das wissen wir nicht. Ich kann Ihnen nur sagen, dass die Polizei mit Hochdruck daran arbeitet, den Mörder zu finden.«

»Ich stimme Mr Clark zu. Man braucht doch nur eins und eins zusammenzuzählen«, machte Imelda mit ihrer tiefen, samtigen Stimme auf sich aufmerksam. »Wenn man die Informationen des Zeitungsartikels richtig deutet, steht uns auf jeden Fall ein weiterer Mord bevor.« Dieser Kommentar brachte Imelda einen bösen Blick des Inspektors ein. Ungerührt davon sprach sie weiter, »Die Frage ist nur, wann es geschieht. Die ersten Morde geschahen dicht gefolgt voneinander. Und jetzt ist einige Zeit ins Land gegangen … Versteht mich nicht falsch, ich bin froh darum. Es ist gut, so hat die Polizei mehr Zeit zu ermitteln.« Imelda schenkte dem Inspektor ein strahlendes Lächeln.

»Der Mörder ist bestimmt vorsichtig geworden. Seit dem Zeitungsartikel halten die Leute die Augen offen. Der Mörder ist gezwungen, auf eine günstige Gelegenheit zu warten«, schlussfolgerte Elsy. Sie vermied es, in Richtung des Inspektors zu schauen. Sie wusste ohnehin, dass er genervt war.

»Überlassen wir das doch der Polizei«, brachte Efrem sich in das Gespräch ein. Er hatte eine tiefe, brummige Stimme. »All dieser Klatsch und Tratsch verwirrt doch nur. Außerdem verbreitet er Angst.«

»Du hast vollkommen recht, Efrem. Lasst uns über etwas

anderes sprechen!«, pflichtete ihm Fred bei und blickte auffordernd in die Runde.

Dass Efrem nicht gerne über dieses Thema sprach, war offensichtlich. Für Elsy war das mehr als interessant. Hatte er etwas zu verbergen? Natürlich, es musste so sein. Warum sonst hatte er sich auf dem Friedhof versteckt und in einem unbeobachteten Moment auf das Grab gespuckt. Und warum sonst wollte er nicht über die Morde sprechen. Jeder wollte über die Morde sprechen. Jeder war neugierig. Und Elsy war jetzt neugierig, was Efrem Martinelli anbelangte. Sie hatte vor, mehr über ihn zu erfahren. »Mr Martinelli, stimmt es, dass Ihre Mutter ursprünglich aus der Toskana stammt? Ich hoffe, meine Frage ist nicht zu persönlich?«

»Nein, überhaupt nicht. Ich bin sehr stolz auf meine Wurzeln. Und ja, Sie haben recht, meine Mutter ist gebürtige Italienerin. Mein Vater ist Brite. Er hat jedoch auch alte italienische Wurzeln. Sie beide leben mit auf meinem Hof.«

»Ich liebe die Toskana. Nicht dass ich schon einmal dort gewesen bin, aber ich möchte Italien und insbesondere die Toskana unbedingt einmal besuchen. Das Land, die Leute, die Musik. Die Sprache ist einfach göttlich. Ich wünschte, ich könnte Italienisch«, schwärmte der junge Mr Clark.

»Und das Essen erst.« Elsy seufzte. »Ich liebe Pasta. Und Parmesan. Und ich liebe Gnocchi.«

»Meine Mutter macht fantastische Gnocchi.«

»Das glaube ich Ihnen sofort. Ich wünschte, ich wüsste wie man sie richtig zubereitet. Ich meine so richtig auf traditionelle Weise.« Elsy verfolgte einen Plan. Efrem verbarg etwas und sie wollte herausfinden, was es war. Sie brauchte also einen Grund, um ihn wiederzusehen.

Imelda verstand ohne Worte, was Elsy vorhatte, und sprang auf den Zug auf. »Efrem, meinst du, deine Mutter könnte es Elsy vielleicht beibringen?«

»Warum nicht ... Ich werde sie fragen.«

»Wirklich? Das wäre fantastisch!« Elsy grinste bis über beide Ohren. Nicht nur, dass sie jetzt einen Grund hatte, Efrem einen Besuch abzustatten, jetzt würde sie auch noch lernen, wie man traditionell Gnocchi machte.

Nachdem auch der letzte Krümel des Beeren-Trifles verputzt worden war, verabschiedeten sich die Gäste zum Gehen. Die neu angebrochene Flasche Holunderlikör war bis auf eine kleine Pfütze vollständig geleert worden. Die Gäste machten sich satt und glücklich, der eine oder andere sogar etwas torkelig, auf den Heimweg. Fred verabschiedete jeden an der großen Eingangstür des Hauses und winkte den Gästen, die gemeinsam zu Fuß ins Dorf gingen, hinterher. Inspektor Quinn, der sich allem Anschein nach allein auf den Weg machen wollte, hatte mit seiner Verabschiedung gewartet. Vermutlich befürchtete er, ausgefragt zu werden, und wollte aus diesem Grund allein zurückgehen.

»Also mit *Ihnen* habe ich auch noch ein Hühnchen zu rupfen!«, ging Imelda den Inspektor an. Sie sprach leise, damit niemand sie hörte. Sie lächelte und winkte ein letztes Mal den O'Reillys zu, als könne sie kein Wässerchen trüben.

Inspektor Quinn schien sichtlich überrascht. Nicht dass es irgendeine Auswirkung auf sein Selbstbewusstsein gehabt hätte, denn der Inspektor wirkte wie immer selbstsicher. Und das hieß schon was, so mancher knickte vor Imelda James ein.

Imelda schaute ernst, als ihr Blick zurück zum Inspektor ging. »Sie haben wirklich Nerven, meine Freundin in den Matsch zu schmeißen.« Imelda musste sich ein Lachen verkneifen. Sie wollte ihn nur aufs Korn nehmen.

Als er nur müde lächelte, legte sie eins drauf. »Sie hat einen blauen Fleck wegen Ihnen. In der Größe einer Untertasse!«

William Quinn sah geschockt aus.

»Imelda!« Elsy rollte mit den Augen. »Sie verschaukelt Sie«, versuchte sie ihn zu beruhigen.

»Ihnen geht es also gut?«

»Ja.«

»Nein, tut es nicht. Sie hat nämlich sehr wohl einen blauen Fleck!«, stichelte Imelda weiter. Sie hatte sich wirklich ihr inneres Kind bewahrt. Oder sie war beschwipst. Aber so viel hatte sie gar nicht getrunken.

»Miss Moore?« Der Inspektor sah besorgt und ebenso misstrauisch aus.

»Ja, ich habe einen blauen Fleck. Aber es ist nichts Wildes. Mir geht es gut. Ehrlich.«

»Das tut mir sehr leid.« Inspektor Quinn wirkte geknickt.

»Sie sollten sich besser eine Entschuldigung überlegen, Sie Grobian!«, sagte Imelda mit hochgezogenen Augenbrauen. Vielleicht hatte sie doch einen Schwips.

Bevor Imelda weiter machen konnte, beendete Elsy das Ganze. »Inspektor, schön, dass Sie bei uns waren. Vielen Dank für Ihren Besuch. Ich wünsche Ihnen einen angenehmen Abend.«

»Es ist immer eine Freude«, schloss sich Fred an. Er hatte den Gästen länger hinterher gewunken und nur Gesprächsfetzen ihrer Unterhaltung mitbekommen.

»Immer eine Freude.« Imelda zwinkerte dem Inspektor kokett zu.

Inspektor Quinn versuchte Imelda zu ignorieren und richtete seine Worte an Fred. »Vielen Dank für die Einladung. Es war mal wieder ein sehr unterhaltsamer und sehr aufschlussreicher Abend.«

»Sehr aufschlussreich«, flüsterte Imelda Elsy verschwörerisch ins Ohr. Kaum war der Inspektor aus der Tür, sprach sie lauter, »Und morgen wird ein noch aufschlussreicherer Tag. Denn morgen werden wir dem lieben Efrem auf seinem Hof einen kleinen Besuch abstatten. Ein ganz spontaner

Einfall, versteht sich. Um seine Mutter kennenzulernen. Du willst schließlich die hohe Kunst des Gnocchimachens erlernen.« Imelda grinste diebisch.

12

Elsy wusste mittlerweile so einiges über Efrem Martinelli. Sie hatte im Internet nach ihm gesucht und Imelda weiter ausgefragt.

Ihre Freundin hatte versucht, etwas vor ihr zu verschweigen, als sie über Efrem sprach. Aber Elsy hatte es bemerkt und so lange gebohrt, bis Imelda nachgegeben und ihr kleines Geheimnis verraten hatte.

Wie sich herausgestellt hatte, war Imelda vor ein paar Jahren mit Efrem ausgegangen. Jedoch nur ein einziges Mal. Es hatte sich nichts weiter daraus ergeben. Sie mochten sich zwar, aber es hatte einfach nicht sollen sein.

Darüber hinaus hatte Elsy erfahren, dass Efrem einmal verheiratet gewesen war. Er hatte jung geheiratet und auf lange Sicht hatte die Ehe nicht funktioniert. Er war eingefleischter Junggeselle und steckte seine ganze Energie in den Hof. Laut Imelda war er ein sehr fleißiger Mann. Ihm war Familie wichtig und so war es für ihn selbstverständlich, dass seine Eltern, die bereits im Rentenalter waren, mit auf dem Hof lebten. Seine jüngere Schwester, die auch lange Zeit in Stricktony gelebt hatte, war wegen der Liebe vor einigen Jahren weggezogen.

»Wir sind gleich da«, weckte Imelda sie aus ihren Gedanken.

Die zwei Frauen saßen in Imeldas Geländewagen, ihr Ziel war Efrems Hof. Imelda fuhr und so hatte Elsy Zeit gehabt, aus dem Fenster zu schauen, ihren Gedanken nachzugehen und die raue Landschaft zu bewundern.

Das Dorfzentrum war nämlich nicht alles, was Stricktony

zu bieten hatte. Ringsum lagen eine Vielzahl von malerischen Bauernhöfen, mit eigenen kleinen Läden. Überall gab es Weideflächen für Kühe und Schafe. Ständig hörte man das Muhen der Kühe und das Blöken der Schafe. Hier und dort gab es Heiden und moosbedeckte Wälder. Und mancherorts fand man Flüsse und kleine Wasserfälle. Elsy liebte Wasserfälle. Jedes Mal, wenn sie auf ihren Spaziergängen einen Wasserfall entdeckte, machte sie unzählige Fotos. Wasserfälle hatten einfach etwas Magisches an sich.

An einen Spaziergang war heute jedoch nicht mehr zu denken. Es war später Nachmittag. Imelda hatte Elsy abgeholt, nachdem beide ihre Aufgaben für den Tag erledigt hatten. Ihre Mission war, Efrem auf den Zahn zu fühlen.

Als Imelda die nächste Einfahrt nahm, fuhren sie direkt auf Efrems Hof zu. Vor ihnen tat sich ein großes Grundstück mit mehreren Gebäuden auf. Das urige Wohnhaus aus Kalkstein lag zu ihrer Linken, mehrere Ställe und eingezäunte Weideflächen zu ihrer Rechten.

Imelda hupte mehrfach und parkte mittig vor einem der Ställe.

Elsy zuckte neben ihr zusammen. Diese Hupe hätte Tote zum Leben erwecken können. »Meine Güte! Hast du das Ding irgendwie tunen lassen?«, schimpfte Elsy im Spaß. »Das einzig Gute ist, er wird uns gehört haben. Jeder hier wird uns gehört haben!«

Imelda rechtfertigte sich mit einer wegwischenden Handbewegung, »Das ist so üblich! Wie sonst soll er uns hören, wenn er irgendwo in den Ställen unterwegs ist. Und ich suche bestimmt nicht jeden Stall einzeln ab.«

Nachdem beide ausgestiegen waren, kam Efrem schon aus einem der Ställe.

»Wie gesagt, überlass mir das Reden«, sagte Imelda leise und richtete ihren voluminösen Seidenschal, der perfekt auf ihre übrige Kleidung abgestimmt war. Heute trug sie eine ausgestellte, braune Stoffhose aus einem schweren Material, dazu einen passenden taillierten Blazer. Ihre kurzen, blonden Haare lagen in Wellen und glänzten seidig, selbst bei diesem trüben Wetter.

Es war grau am Himmel und der Wind war kühl. Die kalte Jahreszeit kündigte sich mit großen Schritten an.

»Ich halte mich zurück«, versprach Elsy. Da Imelda ihn besser kannte, vermuteten beide, dass er redseliger war, wenn Imelda den Ton angab.

Elsy kuschelte sich in ihre gefütterte Jacke. In Imeldas Auto war es warm und gemütlich gewesen, hier draußen zog der frische Wind durch ihre Kleidung und ließ sie frösteln. Ein Geruch von frischem Heu und Kuhmist wehte über sie hinweg und Elsy zog ihren Schal höher, um ihr Parfum zu riechen. Den Geruch von Heu mochte Elsy, aber der beißende Geruch von Kuhmist konnte bei ihr Schnappatmung auslösen. Und diesen peinlichen Anblick wollte sie den anderen und vor allem sich selbst ersparen.

Efrem kam mit zügigen Schritten auf sie zu. Er trug Arbeitskleidung und sah für Elsy mit seiner grünen Arbeitshose, der funktionalen Weste und den robusten, braunen Arbeitsschuhen wie der typische Landwirt aus. Einzig sein kurzes Halstuch erinnerte an die schicke Garderobe des gestrigen Abends. Und seine Frisur. Seine längeren, fast schwarzen Haare, die mit silbernen Strähnen durchzogen waren, hatte er ordentlich zurückfrisiert.

»Hallo, zusammen. Imelda. Miss Moore. Was verschafft mir die Ehre?«, fragte er mit aufgeschlossenem Blick. Seine dunklen Augen strahlten. Er schien sich zu freuen, sie wiederzusehen. Die Frage war bloß, wie lange diese Freude anhielt.

»Elsy, bitte!«, bot sie ihm an.

»Sehr gerne. Ich bin Efrem.« Er sah auf seine Hände hinab und lachte. Er hatte riesige Hände, wie Teller. Und sie waren ziemlich schmutzig. »Heute gebe ich euch besser nicht die Hand.«

Als Efrem jetzt so dicht bei ihnen stand, hatte Elsy Zeit, ihn nochmal näher zu betrachten. Efrem war ein großer Mann, der auf den ersten Blick sehr maskulin und fast schon grob wirkte, hätte er nicht diese für sich sehr einnehmende Aura.

Sah so ein Mörder aus, fragte sich Elsy. Nur, wie sah ein Mörder aus? Nur, weil er ein großer, kräftiger Mann war, war er ja nicht gleich gewaltbereiter oder gar boshafter. Eine ehemalige Kollegin hatte ihr mal gesagt, dass sie sich meist vor kleinen Männern in Acht nahm. Aber was brachte das? Es war Schubladendenken und das half ihnen bestimmt nicht weiter. Trotzdem fragte sich Elsy, ob sie Angst haben musste. Gegen jedwede Vernunft stellten sie erneut eigene Nachforschungen an. Dem Mörder, wer er auch immer sein mochte, würde dies sicher nicht gefallen.

»Was führt euch zu mir?«, hakte Efrem nach.

»Wir wollten schauen, ob deine Mutter da ist. Hast du sie schon wegen des kleinen Gnocchi-Kochkurses für Elsy gefragt?«, wollte Imelda wissen.

»Um ehrlich zu sein, nein, noch nicht. Sie ist gerade aber auch nicht da. Mein Vater hat sie zum Arzt gefahren.«

»Nichts Ernstes, hoffe ich.« Imelda schlug bei Efrem einen freundschaftlichen, neutralen Ton an. Wäre sie auf Constable Marty Hall getroffen, hätte sie ihn ohne Zweifel bezirzt.

»Nein, nur eine Routineuntersuchung.«

»Gut zu hören.«

»Was den Kochkurs anbelangt. Ich kann meine Mutter später gerne fragen. Sie liebt es zu kochen und wie ich sie kenne, würde sie sich bestimmt freuen, es dir beizubringen, Elsy. Was ist mit dir, Imelda? Willst du uns dabei nicht Gesellschaft leisten?«

Imelda blinzelte. »Deutest du gerade etwa an, dass du auch weißt, wie man Gnocchi macht?«

»Diese Ungläubigkeit in deiner Stimme verletzt mich. Natürlich weiß ich, wie man Gnocchi macht.«

»Also, *ich* kann nicht kochen. Gar nicht«, gestand sie. »Na ja, Nudeln vielleicht und Rührei. Einen Salat.«

»Einen Salat zuzubereiten, ist nicht kochen«, ärgerte Elsy sie, woraufhin Imelda eine Schnute zog.

»Siehst du, das ist doch perfekt. Dann würdest du lernen, wie man kocht.« Efrem war von seiner eigenen Idee sichtlich angetan.

»Ich denke darüber nach«, antworte Imelda freundlich. Elsy wusste, wenn Imelda so fröhlich antwortete, dachte sie darüber genau eine Sekunde nach und verwarf dann die Idee. Dafür kannte sie ihre Freundin einfach zu gut. Imelda kochte nicht. Sie ließ kochen. Und das war in Ordnung. Nicht jeder konnte ihre Leidenschaft teilen.

»Sehr schön. Sobald ich meine Mutter gefragt habe, gebe ich dir Bescheid.«

Elsy wusste, jetzt war der Zeitpunkt für einen Themenwechsel gekommen. Irgendwie musste Imelda es jetzt schaffen, auf Jake Hides Beerdigung zu sprechen zu kommen.

»Danke.« Imelda lächelte verbindlich und sprach dann mit Bedacht weiter, »Sag mal, Efrem …, kanntest du Jake Hide eigentlich näher?« Sie setzte einen unschuldigen Rehaugen-Blick auf.

Okay, das war ganz offensichtlich das Gegenteil von subtilem Vorgehen. Elsy stöhnte innerlich. Warum fragte sie ihn nicht gleich, warum er auf das Grab gespuckt hatte. Sie sah Imelda finster an.

Auch Efrems Miene verfinsterte sich schlagartig. – Elsy überlegte kurz einen Schritt zurückzutreten, riss sich dann aber zusammen. – »Ich glaube es nicht … Bitte sagt mir, ihr ermittelt nicht auf eigene Faust!«, schaltete Efrem sofort und stemmte seine Hände in die Hüften. »Gestern schon dieses ganze Gerede über ihn. Wer er war. Warum er ermordet wurde. Dass ein dritter Mord bevorsteht. Ihr stellt eigene Nachforschungen an, stimmt's? – Nur, was zum Teufel, wollt ihr dann von mir?« Efrem wirkte ehrlich entsetzt.

Augenblicklich war Imelda in Kampflaune. Sie richtete sich gerade auf und konterte, »Hast du oder hast du nicht auf Hides Grab gespuckt? Du hast gedacht, dich hätte niemand gesehen. Tja, da liegst du falsch. Wir haben dich nämlich gesehen. Gott, Efrem, was hast du dir nur dabei gedacht? Was meinst du, wenn die Polizei davon erführe.«

Offenbar hatte Imelda keine Angst vor Efrem. Elsy konnte die Situation nicht so recht einschätzen. Ihr inneres Kind wäre am liebsten geflüchtet. Aber das konnte sie nicht. Im Gegenteil, sie musste etwas unternehmen, damit die Situation nicht hochkochte. Sie musste beide beruhigen. »Hör mal, Efrem! Wir sind nicht hier, um dir Ärger zu machen«, sprach sie ihn mit ruhiger Stimme an.

Efrem wirkte leicht weiß um die Nasenspitze. Wahrscheinlich war ihm aufgegangen, welchen Eindruck das Ganze auf sie machte.

»Wir wollten lediglich in Erfahrung bringen, warum du das getan hast.«

»Genau«, bestätigte Imelda.

»Das geht euch nichts an!«, entgegnete er schroff.

Imelda schnappte gerade nach Luft, um erneut auszuholen, als Elsy ihr zuvorkam, »Sieh mal, wir sind hier bei dir und haben nicht mit der Polizei gesprochen. Die wären sofort hier aufgeschlagen und hätten dich zu einem Verhör mitgenommen. Wir sind hier, weil Imelda sagte, dass du zu keinem Mord fähig wärst. Aber du kannst doch auch verstehen, in Anbetracht der Tatsache, dass ein Mörder frei herumläuft und ein dritter Mord ansteht, dass wir nachfragen, warum du das getan hast, oder? Was hättest du an unserer Stelle getan?«

Efrem kam ins Grübeln. »Wahrscheinlich dasselbe ...«, gab er zu. »Auch wenn ich es nicht gutheiße, was ihr tut. Wisst ihr eigentlich, wie gefährlich das ist?«

»Das versuchen wir zu verdrängen«, gestand Imelda.

»Also ... warum hast du das getan?«, ließ Elsy nicht locker.

»Ich sage es euch. Aber nur unter dem Siegel der Verschwiegenheit. Niemand darf davon erfahren. Niemand!« Als die beiden Frauen nickten, sprach Efrem weiter, »Vorab möchte ich noch sagen, auch wenn es vielleicht total idiotisch ist, ich bin nicht der Mörder.«

Elsy nickte wissend. Wäre er der Mörder, hätte er sich keine Sorgen, um ihre Sicherheit gemacht.

»Es geht um meine Schwester. Wie ihr vielleicht wisst, ist sie vor ein paar Jahren von hier weggezogen. Ich war so froh, als sie ging ... Für sie. Hier lebte sie ständig in Angst. Jake Hide hat sie belästigt. Und das über eine sehr lange Zeit. Sie hat damals im Kirchenchor gesungen und da ist sie ihm wohl ins Auge gefallen. Ständig hat er ihr aufgelauert und sie bedrängt. Sie hat lange geschwiegen, bis sie sich mir anvertraute. Ich schwöre euch, ich wollte ihm sämtliche Knochen brechen. Hätte er sie angefasst, hätte ich ihn umgebracht. Als meine Schwester mir davon erzählte, war ich außer mir. Sie flehte mich an, niemandem davon zu erzählen. Sie schämte sich, als wäre sie Schuld. Nur dass die Schuld allein bei diesem Bastard lag. Ich habe ihn mir vorgeknöpft. Ich habe ihn geschlagen und ihm gedroht, sollte er jemals wieder meiner Schwester zu nahe kommen oder einer anderen Frau, würde ich dafür sorgen, dass er von der Bildfläche verschwindet. Ich hasse diesen Mann. Als ich damals die Angst in den Augen meiner Schwester sah, wusste ich, dass ich ihm das nie verzeihen würde. Ich habe ihn beobachtet, all die Jahre. Dann und wann bin ich bei ihm aufgetaucht und habe ihn an mein Versprechen erinnert. Ich denke, er hat nie wieder eine Frau belästigt.«

Elsy und Imelda waren fassungslos.

»Und deine Schwester ist wegen ihm weggezogen?«, fragte Imelda voller Mitgefühl.

»Nein, das war nicht der Grund. Sie hat jemanden in London kennengelernt und ist ihm zuliebe dorthin gezogen. Dennoch glaube ich, war sie froh, fortzugehen. Ihn nicht mehr wiedersehen zu müssen.«

»Wissen deine Eltern davon?«, fragte Elsy.

»Nur meine Mutter. Sie sollte ein Auge auf meine Schwester haben. Meinem Vater habe ich erzählt, dass Hide ein gemeines Arschloch ist und ich ihn nicht in unserer Nähe sehen will. Hätte ich es ihm erzählt, weiß Gott, *er* hätte ihn vermutlich umgebracht.«

»Danke, dass du es uns erzählt hast. Es ist schrecklich, was deiner Schwester widerfahren ist. Und es ist großartig, dass du sie beschützt hast!«, bemerkte Imelda.

Efrem wirkte erleichtert, als wäre eine Last von seinen Schultern gefallen, da er sein Wissen mit jemandem teilen konnte.

»Und dein Geheimnis, beziehungsweise das deiner Schwester ist bei uns sicher«, versprach Elsy ihm nochmal.

»Danke, darauf muss ich bestehen.«

Die beiden Frauen verstanden ihn.

»Und war es das jetzt oder habt ihr noch mehr Fragen? Was ist mit unserem Kochkurs? Ich nehme an, der war nur Vorwand?« Efrem Martinelli war ein scharfsinniger Mann.

Elsy musste schmunzeln. »Um ehrlich zu sein, es war ein Vorwand«, gestand sie. »Nichtsdestotrotz würde ich wirklich gerne lernen, wie man richtig italienische Gnocchi macht. Solange du mich jetzt noch leiden kannst und du deine Mutter für mich fragen würdest.«

»Natürlich! Ich werde sie fragen.« Efrem lächelte, anscheinend konnte er ihnen nicht lange böse sein.

Zurück im Auto winkten sie Efrem zum Abschied.

»Also wir glauben ihm, oder?«, hakte Elsy nach und warf einen letzten Blick auf ihn, als sie davonfuhren.

»Ich denke, das können wir. Zugegeben, er hätte ein Motiv. Aber bringt man jemanden wirklich um, weil er seine Schwester belästigt hat? Wohl kaum. Außerdem, wenn er der Mörder wäre, hätte er uns die Geschichte seiner Schwester nicht verraten. Nein, er hätte sich herausgewunden und uns weggeschickt.«

»Das sehe ich genauso. Ich hatte noch kurz an seine Mutter und seinen Vater gedacht. Aber das ist Quatsch. Was wollten die zwei dann von Callum Brown?! Nein, die beiden Männer verbindet etwas. Etwas anderes. Und dieses Etwas ist der Grund für ihre Ermordung«, schlussfolgerte Elsy.

»Die Frage ist: was? Wenn wir wüssten, was ihre Verbindung ist, wäre es so viel einfacher.«

Elsy nickte zustimmend.

»Weißt du was, ich höre mich gleich mal ein bisschen um. Ich setze dich zu Hause ab und wenn ich alles in Broktony erledigt habe, besuche ich ein oder zwei Pubs.«

»Soll ich mitkommen?«

»Nein, nicht nötig.«

»Sicher?« Elsy war nicht wohl dabei, dass Imelda allein in irgendwelchen Pubs nach Hide fragte.

Imelda nickte selbstbewusst. »Allein bin ich weniger auffällig.«

»Dann schalte mich aber wenigstens für den Standort deines Handys frei. Und verhalte dich bitte vorsichtig!«

»Ich stelle mich einfach blöd. So in der Art: Der arme Mr Brown. Ich kann es gar nicht glauben, dass er ermordet wurde. Das ist alles so schrecklich. Und dann auch noch der arme Mr Hide. So fürchterlich.« Imelda hatte ihre Stimme verstellt und fast weinerlich geklungen. Jetzt lachte sie darüber.

Elsy ließ sich von der Unbekümmertheit ihrer Freundin anstecken. »Denk an einen langsamen Augenaufschlag. Eine traurige Frau, die zudem ziemlich heiß aussieht, sollte dem einen oder anderen ein Geheimnis entlocken.«

Imelda zog die Augenbrauen nach oben und schaute kurz hinüber zu Elsy auf dem Beifahrersitz. »Du findest mich also heiß?«

»Natürlich finde ich dich heiß! Wärst du ein Mann, hätte ich dir schon längst einen Heiratsantrag gemacht«, scherzte Elsy. »So musst du Wohl oder Übel mit deinen vielen anderen Bewunderern Vorlieb nehmen. Constable Marty Hall würde dir natürlich sofort einen Ring an den Finger stecken, aber der ist dir zu jung, wie ich weiß. Wie wäre es aber … mit Efrem?«

»Wie wäre es … mit einem anderen Thema?« Imelda grinste.

Elsys Augen funkelten. »Huhu … Du findest ihn also nett!«

Imelda stöhnte. »Du gibst nicht auf, oder!? Ja, er ist nett, aber *nett* reicht nicht für eine Beziehung. Außerdem waren wir schon aus und es hat nicht gepasst.«

»Ein zweiter Versuch?«, regte Elsy an.

»Ich denke nicht.« Imelda lächelte leichthin, aber ein gewisses Abwägen schwang ebenfalls in ihrer Stimme mit. »Im Übrigen, wir haben Wichtigeres zu tun. Zwei Morde warten auf ihre Aufklärung.«

13

Demon, der zu Elsys und Imeldas Füßen lag, schaute lächelnd zu ihnen auf. Er folgte mit seinen Blicken interessiert ihren Händen.

Die zwei Frauen hatten es sich in Elsys Wohnzimmer auf der Couch vor dem Kamin gemütlich gemacht und aßen zu Abend.

Demon schnupperte nur kurz, er wusste, dass er nicht betteln durfte. Und da er ebenfalls wusste, dass er nichts abbekam, kuschelte er sich auf dem Teppich zu einem Knäul zusammen und schloss die Augen. Vermutlich war Schlaf für einen Hund die beste Ablenkung, wenn es darum ging, leckere Gerüche auszublenden.

Elsy genoss die Behaglichkeit ihres Wohnzimmers. Draußen war es bereits kalt und dunkel. Das Feuer des Kamins zauberte ein dämmriges Licht im Raum. Elsy hatte ihre Alltagsklamotten gegen Leggings, T-Shirt, eine dicke Strickjacke und ein Paar dicke Wollsocken getauscht. Auch Imelda hatte es sich in einem ähnlichen Outfit gemütlich gemacht. Im Hintergrund lief entspannende Klaviermusik von italienischen Komponisten, die Elsy durch Fred lieben gelernt hatte.

Wie an jedem Abend, an dem es Spaghetti gab, drehte Elsy die Nudeln nur mit ihrer Gabel ohne die Hilfe eines Löffels auf. So gehörte es sich in Italien und so hatte es sich Elsy zum Ziel gemacht, es ebenfalls zu beherrschen. Sie schaute auf das aufgewickelte Nudelknäul und fragte sich, ob sie nicht besser weniger Nudeln hätte nehmen sollen. Jetzt war es irgendwie zu spät, denn die Nudeln fallen zu lassen und erneut aufzurollen, war lästig, und so stopfte sie sich die volle Gabel in den Mund. Elsy kam sich vor wie ein Hamster, aber sie war auch glücklich, weil es so gut schmeckte. Sie war kaum fertig, da verkündete sie mit erhobener Gabel, »Parmesan, du Quell meines Lebens!«

Imelda schnaufte. »Der Quell meines Lebens ist Sex.«

Jetzt war es an Elsy zu schnaufen. »Und davon hast du ja auch so viel. Deswegen sitzt du auch jeden Donnerstagabend auf meiner Couch, isst Berge von Pestonudeln mit Parmesan und trinkst eine Badewanne voll Rotwein leer.«

»Das ist gemein.« Imelda täuschte einen Schmollmund vor. »Aber es wäre Sex, wenn ich einen adäquaten Mann hätte.«

»Und den zu finden, wünsche ich dir von Herzen. Ich begnüge mich dafür mit Torte ... Und Keksen, bevorzugt mit weißer Schokolade ..., Nudeln ..., Sahneeis, dunkler Schokolade, Paprikachips.« Elsy lächelte spitzbübisch.

»Du findest auch irgendwann den Richtigen«, versicherte ihr Imelda.

Augenblicklich verdunkelte sich Elsys Miene. »Nein, danke. Noch mehr schlechten Sex mit Arschlöchern, die einen betrügen, brauche ich nicht. Danke, mein Bedarf ist gedeckt, und zwar bis in alle Ewigkeit.« Elsy dachte an Roy, ihren Exverlobten. Wie sich herausgestellt hatte, fuhr er zweigleisig und hatte eine Affäre mit einer seiner Kolleginnen. Elsy, die nicht lange gebraucht hatte, es zu bemerken, löste die Verlobung unverzüglich. Just in dem Moment kam Freds Jobangebot und Elsy nutzte die Gelegenheit für einen Neuanfang.

Imelda fühlte mit ihrer Freundin. »Ach komm schon, irgendwo da draußen gibt es auch nette Männer. Ich bin überzeugt, ein gutaussehender, sexy Mann, der intelligent ist, nett, zuvorkommend, humorvoll, der kochen kann und der darüber hinaus eine Granate im Bett ist, wartet da draußen nur auf dich.«

Elsy musste lachen. »Dein Wort —«

Die Glocke des Eingangstors schnitt ihr das Wort ab. Jemand musste vor dem verschlossenen Eingangstor zu Freds Anwesen stehen und geläutet haben.

»Siehst du! Meine telepathischen und telekinetischen Fähigkeiten werden immer besser«, spaßte Imelda.

»Spar dir dein Eigenlob! Noch wissen wir nicht, wer es ist.« Elsy nahm das Tablet vom Wohnzimmertisch und schaute nach. Fred hatte das Sicherheitssystem des Anwesens auch mit ihren elektronischen Geräten verknüpft. Und da Fred sich häufig früh zurückzog, überwachte sie abends das System.

Es dauerte ein paar Klicks, da erkannte Elsy, wer vor dem Tor stand.

Imelda, die ihr über die Schulter spähte, lachte überrascht auf. »Der Inspektor!«

»Was will er denn hier?« Elsy war verwundert.

»Telekinese«, hauchte Imelda ihr ins Ohr und wackelte mit den Augenbrauen.

»Du hast dir dein inneres Kind wirklich bewahrt.« Elsy rollte mit den Augen und betätigte mit einem Klick auf das Display die Gegensprechanlage. »Guten Abend, Inspektor. Kommen Sie bitte zum Pförtnerhaus!« Mit einem weiteren Klick öffnete sie das Tor. »Und *du*, benimmst dich!«, mahnte sie abschließend ihre Freundin.

Imelda war als Erste an der Tür und öffnete. Elsy und Demon folgten ihr.

Als der Inspektor näher trat und sein Empfangskomitee erblickte, stutzte er.

Er trug noch immer sein Arbeitsoutfit, das wie jeden Tag aus Stoffhose und Hemd bestand. Darüber hatte er eine schlichte, dunkelgraue Jacke gezogen, die offen stand. Auf seinem Gesicht zeichnete sich ein Dreitagebart ab. Dafür, dass er den ganzen Tag gearbeitet haben musste, wirkte er wach und aufmerksam. Vielleicht auch, weil Imelda vor ihm stand, vermutete Elsy und schmunzelte in sich hinein. In seinen Händen hielt er zwei unscheinbare Päckchen. Im dämmrigen Licht der Außenbeleuchtung konnte Elsy deren Inhalt nicht erahnen.

»Guten Abend, Inspektor. Was kann ich für Sie tun?«

Der Inspektor trat ein Stück näher, blieb jedoch vor den drei Stufen zur Eingangstür stehen. »Guten Abend. Miss Moore. Miss James. Entschuldigen Sie die späte Störung.« Er sah erst sie an, dann Imelda. Er fühlte sich sichtlich unwohl. »Ich wollte mich noch einmal für den Vorfall von letztens entschuldigen«, erklärte er und reichte Elsy die zwei kleinen Pakete.

Eins erkannte sie sofort. Es war Fleckensalz. Das andere fühlte sich lediglich weich an. Durch das undurchsichtige, dicke, beige Papier konnte sie den Inhalt nicht erkennen. »Danke!« Elsy wollte gerade fragen, was es mit dem zweiten Päckchen auf sich hatte, als der Inspektor ihr die Arbeit abnahm.

»Das sind Brownies. Die, von denen ich Ihnen erzählt habe.«

Elsy konnte ihre Begeisterung nicht verbergen und lächelte breit. »Danke! Aber das wäre nicht nötig gewesen.«

»Q, ich bin stolz auf Sie!«, schaltete sich Imelda ein.

Der Inspektor blinzelte und schüttelte leicht den Kopf. »Q?«

»Sie glauben doch nicht, dass so oft wie wir über Sie in letzter Zeit gesprochen haben, wir immer Ihren vollständigen Namen benutzen. Nein, das war uns irgendwann zu aufwändig. Und Q. Das hat doch was. Finden Sie nicht? Es klingt schlau, erfinderisch, leicht verwegen.«

Hätte Elsy ihre Hände frei gehabt, hätte sie sich die Schläfen gerieben. Aus irgendeinem Grund liebte es Imelda, den

Inspektor zu reizen. Sie liebte anscheinend das Spiel mit dem Feuer.

Alles, was der Inspektor dazu zu sagen hatte, war: »Nein.«

»Nein? Was, nein? Das verstehe ich nicht.« Imelda gab sich unschuldig.

»Nein, danke. Auch wenn ich es sehr zu schätzen weiß, dass Sie für mich nach einem geeigneten Spitznamen gesucht haben. Ich bevorzuge Inspektor Quinn«, entgegnete er vollkommen trocken.

»Ach was, denken Sie darüber nach! Lassen Sie es sacken!« Aufmunternd nickte sie ihm zu.

»Möchten Sie einen Moment hineinkommen?«, fühlte sich Elsy verpflichtet zu fragen. Sie war sich nicht sicher, wie sie es finden würde, den Inspektor in ihrem Haus zu haben, aber immerhin hatte er Kuchen mitgebracht.

»Sie müssen, Q! Elsy hat Nudeln mit frischem Pesto gemacht. Und wir haben Parmesan ... und Rotwein.« Für Imelda war klar, dieses Angebot konnte niemand ablehnen.

Der Inspektor sah dies anders. Er ignorierte das wiederholte Q und lehnte höflich ab, »Nein, vielen Dank. Ich wollte ohnehin nicht lange stören. Es ist auch schon spät. Genießen Sie Ihr Essen und die Brownies. Ich hoffe, sie schmecken Ihnen.«

»Vielen Dank. Ich bin schon sehr gespannt. Gute Nacht, Inspektor«, verabschiedete sich Elsy.

Etwas verlegen rieb sich der Inspektor den Nacken. »Gute Nacht.« Er nickte ihnen ein letztes Mal zu und drehte um.

»Süße Träume!«, zwitscherte Imelda ihm hinterher.

Als Elsy die Tür schloss, schmunzelte sie, zeitgleich schüttelte sie den Kopf. Imelda war einfach unverbesserlich.

Demon trottete langsam hinter ihr her. Er hatte die ganze Zeit ruhig neben ihr gesessen und die Menschen in seiner Umgebung beobachtet. Da er augenscheinlich mit keiner weiteren Aufregung für diesen Abend rechnete, legte er sich vor den Kamin und kuschelte sich wieder in einem Knäul zusammen.

»Er hat dir Entschuldigungskuchen gebracht. Dieser Mann gefällt mir!« Imelda setzte sich zurück auf die Couch und nahm sich ihren Teller mit Nudeln.

»Er hat mir Entschuldigungskuchen gebracht, weil du ihm ein schlechtes Gewissen eingeredet hast.«

»Zu Recht, wie ich finde«, konterte sie unbekümmert.

Auch Elsy setzte sich wieder und legte die Päckchen zur Seite, um weiter essen zu können. Zunächst musste sie jedoch das Eingangstor wieder schließen. Fred war sehr auf ihre und seine Sicherheit bedacht und wollte, dass das Tor bei Einbruch der Dunkelheit verschlossen blieb.

Nachdem sie aufgegessen hatten, griff Elsy nach dem Päckchen mit den Brownies. »Lust auf ein Dessert?«

Imelda schnaufte. »Da fragst du?!«

Elsy öffnete vorsichtig das weiche Paket. Drei Brownies verziert mit karamellisierten Haselnüssen und Schokofäden schrien förmlich danach, sofort aufgegessen zu werden.

»Drei Stück …«, bemerkte Imelda. »Er hat bestimmt darauf spekuliert, dass du ihn hereinbittest.«

»Ach was! Er wollte sich nur entschuldigen«, tat Elsy ab.

»Hätte er dir zwei Stück eingepackt, würde ich dir zustimmen. Drei bedeuten, er wollte sich selbst einladen, mit dir zusammen Kuchen zu essen.«

»Und das steht wo geschrieben? In deiner geheimen Datingbibel, die du mir bislang vorenthalten hast?«

»Du hast es erfasst. Und jetzt reich mir einen Brownie!«

Elsy tat wie geheißen und nahm sich selbst auch einen. Der Brownie war gut, viel besser als vermutet. Die Konsistenz war weich, aber nicht luftig und sehr saftig. Er war schokoladig und die karamellisierten Haselnüsse passten perfekt dazu.

»Meinst du, Q hat eine Spur? Er sah entspannter aus als die Tage, was darauf schließen lässt. Ich wüsste zu gern, was er weiß«, überlegte Imelda zwischen den Bissen.

»Ich hoffe, er hat eine! Der letzte Mord ist schon etwas her und auf den nächsten müssen wir wahrscheinlich nicht mehr lange warten. Es ist fürchterlich, diese Ungewissheit …« Elsy dachte an das, was Imelda in Broktony herausgefunden hatte und das war nicht viel. Nicht dass die Leute nicht redselig gewesen waren, aber außer dass Hide und Brown öfters zusammen getrunken hatten, wussten die Leute nichts zu berichten. Sie waren wohl beide die Sorte Trinker, die ruhiger und müder wurden, je mehr sie tranken. Auseinandersetzungen hatte es dennoch dann und wann mal gegeben. Ob sie Feinde hatten, wusste angeblich keiner. – Die meisten Menschen redeten gerne und viel über andere, aber ob dies auch der Wahrheit entsprach, stand auf einem ganz anderen Blatt geschrieben, soviel hatte Elsy in ihrem jungen Leben schon gelernt.

Die Freunde steckten also mal wieder in einer Sackgasse.

Elsy nahm sich ihr Handy und sah sich erneut die Fotos, die sie im Kinderheim gemacht hatte, an. Brown und Hide mussten sich dort kennengelernt haben. Nur, wer war die dritte Person, das dritte Opfer? Stand sie vielleicht auch auf einer dieser Listen? Oder lernten die beiden die dritte Person erst später kennen? Was verband diese Menschen und was rechtfertigte einen Mord?

Gedankenverloren schaute Elsy über die jüngeren Listen, als ihr erneut etwas ins Auge fiel.

Jedes der Kinder war mit Name und Beginn des Aufenthaltes eingetragen. Verließ ein Kind das Heim stand ein Zusatz hinter der Jahreszahl. Bei manchen Kindern stand ein *Adop* oder ein *Ausz.* Elsy schlussfolgerte daraus, dass sie entweder adoptiert worden oder alt genug waren, um das Heim zu verlassen. Allein bei einer Person fand Elsy einen Zusatz, den sie nicht deuten konnte. »Weiß du, was FH bedeuten könnte? Da steht doch FH, oder? Ich meine dieses verblasste Kürzel am Ende.« Elsy vergrößerte die Stelle des Fotos auf ihrem Handy und hielt es Imelda hin.

»Trudy Jenkins. 1965-1967. FH. Ja, ich würde auch sagen, es ist ein FH«, bestätigte Imelda und leckte die geschmolzene Schokolade von ihren Fingern. »FH könnte Fachhochschule bedeuten ... Aber wenn man überlegt, wie alt Trudy damals gewesen war, muss es etwas anderes bedeuten.«

»Trudy ist achtundsechzig, also war sie damals fünfzehn ...« Ein anderes Wort als Übersetzung für FH kam Elsy in den Sinn. »Meinst du, das Kürzel könnte für *Frauenhaus* stehen?«

»Frauenhaus?« Imelda horchte auf.

Elsy lächelte leichthin. »Vielleicht hatte sie ein Tête-à-Tête mit einem jungen Kerl und ist schwanger geworden. Früher waren die jungen Frauen doch viel weniger aufgeklärt. Da kamen ungewollte Schwangerschaften bestimmt öfters vor.«

»Aber gehen nicht nur Frauen ins Frauenhaus, die Schutz benötigen?«, gab Imelda zu bedenken.

»Wer weiß, wie das damals bei Minderjährigen war. Minderjährige sind schließlich auch Schutzbefohlene.«

»Die Frage ist nur, wie hilft uns das bei den Morden weiter?«

Elsy seufzte entmutigt. »Du hast recht. Vermutlich hilft es uns nicht weiter. Frances sagte ja auch, dass Trudy nichts Besonderes von früher zu berichten hatte. Und dass sie nicht damit hausieren geht, dass sie jung und vielleicht ungewollt schwanger geworden ist, ist auch klar.«

Nachdem Elsy eine Zeit lang völlig abwesend geschwiegen hatte und Imelda ihr Grübeln bemerkt hatte, hakte ihre Freundin nach, »Was ist los?«

»Es ist trotzdem merkwürdig. Ich weiß nicht so recht warum, aber wir sollten der Sache nachgehen. Ich weiß nicht, ob es uns was bringt, aber es hat mich neugierig gemacht.«

»Okay ... Wenn es dir wichtig ist, dann höre ich mich um. Aber jetzt schlage ich vor, konzentrieren wir uns auf die wichtigen Dinge des Lebens. Läuft was im Fernsehen?«

14

An einem Freitag einkaufen zu gehen, war eindeutig eine Herausforderung. Denn es war, als würde das gesamte Dorf einkaufen, als müssten die Menschen übers Wochenende verhungern, wenn sie keinen Großeinkauf tätigten. Zwar freute sich Elsy, so bekannte Gesichter zu treffen, zum anderen war es in den schmalen Gängen von Jos Gemischtwarenladen sehr eng, laut und stickig. Samstags war allerdings eine noch schlechtere Option, da Jo dann nur bis dreizehn Uhr geöffnet hatte und die Leute in nicht seltenen Fällen auch noch hektisch wurden. In einem vollen Geschäft, in einer wabernden emotionalen Wolke aus Gereiztheit und Hektik, die einen zu verschlingen drohte, einkaufen zu gehen, war für Elsy definitiv keine Option.

Elsy hatte sich deshalb an diesem Freitagmorgen schon früh an die Arbeit gemacht, um zeitig einkaufen gehen zu können. Sie wollte im Laden sein, bevor die Herrscharen eintrafen, und abschließend schnell zum Metzger.

Es war neun Uhr, als Elsy das urige Geschäft betrat, und der Laden war ihrer Hoffnung zum Trotz bereits gut gefüllt.

Jo, der gerade kassierte und nur durch den schrillen Ton der alten Türglocke auf sie aufmerksam wurde, nickte ihr freundlich zu. Wie eh und je stand er dort in kariertem Hemd und Schürze. Obwohl es voll war und sich eine kleine Schlange an der Theke zur Kasse gebildet hatte, war er die Ruhe selbst und nahm sich, wenn auch nur kurz, für jeden seiner Kunden Zeit, um nach dem Rechten zu fragen.

Elsy tat das, was sie immer tat, wenn sie das Geschäft betrat. Sie überblickte die Situation, auch um etwaigen Klatschbasen aus dem Weg zu gehen. In jedem der schmalen Gänge tummelte sich jemand. Sie überlegte, in welchem Gang am wenigsten los war, und wählte diesen, um mit ihrem Einkauf zu starten.

Jedes Mal, wenn ihr jemand auf den Gängen entgegenkam, musste sie ihren Weidenkorb näher an sich heranziehen, um niemanden anzustoßen. So sehr Elsy Josefs Laden mit seinen einfachen, antiquierten Holzregalen, den in sich verzierten cremefarbenen Tapeten und den langen Glasvitrinen mochte, aber die vollgestellten Gänge waren an so einem Tag wie diesem einfach nur anstrengend. Jo versuchte den Menschen im Dorf eine große Auswahl zu bieten, aber da in den Regalen selbst nicht genügend Platz war, standen auch viele Produkte in rollbaren, metallenen Regalen im Gang. So hatte Jedes wohl sein Für und Wider.

Zu guter Letzt suchte Elsy die Käsetheke auf. Fred hatte sich eine Käseauswahl für das Wochenende gewünscht. Elsy verstand nicht, was Menschen an Käsesorten faszinierte, die nach Stinkefüßen oder modrigen Kellern rochen, aber Geschmäcker waren eben verschieden. Zum Glück waren die kleinen Stinkbomben portionsgerecht in Folie verpackt. Elsy griff gerade nach der letzten Käsesorte von Freds Käsewunschzettel, als ihr jemand auf die Schulter tippte.

»Guten Morgen, Miss Moore!«, hörte sie eine helle, aufgeregte und ihr nur zu vertraute Stimme sagen. – Ein Schauer lief Elsy über den Rücken und nicht einer der angenehmen, sexy Sorte. Allem Anschein nach hatte ihr Unterbewusstsein diese Stimme schon unter der Kategorie „Kampf oder Flucht" abgespeichert.

Freitags einkaufen zu gehen, war also eine ebenso schlechte Idee wie samstags.

Elsy seufzte innerlich und wappnete sich vor dem, was jetzt kommen sollte. Sie begrüßte die Dame, noch bevor sie sich gänzlich umgedreht hatte. »Mrs Patel, guten Morgen.

Mrs Turner«, sagte sie betont freundlich, um ihr Genervtsein nicht so offenkundig durchklingen zu lassen.

Wie es nicht anders zu erwarten gewesen war, waren die beiden Schwestern – die gefürchtetsten Klatschbasen des Dorfes –, die meist nur im Doppelpack auftraten, gemeinsam unterwegs. Beide beäugten Elsy von oben bis unten und das alles andere als unauffällig. Zudem entstand jedes Mal, wenn sie jemanden begutachteten, eine Gesprächspause, so wie in diesem Moment auch, aber das schien die Frauen nicht zu stören.

Elsy vermutete sogar, dass sie es taten, um ihr Gegenüber zu verunsichern, sozusagen weichzukochen. Sie selbst ließ die Begutachtung relativ kalt. Sie trug wie so häufig Jeans, Turnschuhe und einen Pullover, eben das, was für ihre Arbeit praktisch war. Da es kälter geworden war, trug sie darüber eine offenstehende hellgraue Jacke. Auf ihrer Nase saß ihre hellbraune Hornbrille. Sie musste sie tragen, da sie heute mit dem Auto unterwegs war. Elsy fand sich hübsch und was die zwei Tratschtanten dachten, interessierte sie herzlich wenig.

Was sie kümmerte, war, was jetzt kommen sollte. Elsy zählte innerlich die Sekunden. Die beiden geduldeten sich immer nur wenige Sekunden, bis sie ihr Verhör starteten. *»Fünf, vier, drei, ...«*

»Wie geht es Ihnen, Miss Moore? Und wie geht es unserem geschätzten Frederik?«, fragte Mrs Patel eifrig. Ihre Augen waren der Neugierde wegen geweitet.

»Danke der Nachfrage, dem Baron geht es gut.« Elsy verstand nicht so recht, warum sie ihn Frederik nannten, wenn sie über ihn sprachen, da sie selbst mit ihm nicht per Du waren. Wahrscheinlich versuchten sie damit, Verbundenheit vorzutäuschen, von der sie sich erhofften, dass Elsy redseliger wurde.

»Der Gute sah ein bisschen blass aus, als wir ihn kürzlich trafen«, versuchte Mrs Turner das Gespräch in Gang zu halten und zog ihre Tweedjacke zurecht, die über ihrem gewölbten Bauch leicht spannte. Sie trug einen mitfühlenden Gesichtsausdruck zur Schau.

Wenn Fred eins selten war, dann blass. Er hatte stets gebräunte Haut. Ihm musste es schon verdammt schlecht gehen, dass man es ihm ansah. »Ich kann Ihnen versichern, er erfreut sich bester Gesundheit.«

»Wir bekommen den guten Frederik ja leider wenig zu Gesicht. So lange sind wir schon nicht mehr zu seinem Dienstagabend-Dinner eingeladen worden.« Mrs Patel setzte eine traurige Miene auf. Ihre Schwester tat es ihr nach.

»Ich werde dem Baron gerne ausrichten, dass Sie sich über eine erneute Einladung von ihm freuen würden.« – Auch wenn die Damen oft einiges Interessantes zu berichten hatten, empfand Fred sie als anstrengend. Und sie ein ganzes Dinner lang zu erleben, war für ihn kräftezehrend. Sie sprachen ohne Punkt und Komma und holten scheinbar nie Luft. Sie mussten versteckt Kiemen tragen. Aber das, was Fred und Elsy am meisten störte, waren die vielen Spitzen, die ohne Ausnahme gegen jeden ausgeteilt wurden. Elsy wusste, schon lange zögerte Fred eine Einladung an sie hinaus.

Mrs Patel strahlte vor ehrlicher Begeisterung. »Vielen Dank. Das wäre ein Traum.« Als sie bemerkte, dass Elsy sich nun abwenden wollte, zog sie erneut die Aufmerksamkeit auf sich. Sie legte eine Hand auf ihren Arm und sah sie mit verschwörerisch funkelnden Augen an. »Haben Sie schon das Neueste über Jake Hide gehört? Es ist *das* Gesprächsthema!«

Elsy war hellhörig geworden. Wenn es um Jake Hide ging, konnte sie jede Information gebrauchen.

Mrs Patel wartete erst gar nicht auf eine Ermutigung, weiterzureden. »Wussten Sie, dass er ein Alkoholproblem hatte? Ist das nicht fürchterlich: Unser Küster war ein Alkoholiker!«

Elsy wollte gerade etwas erwidern, dass jemand, der ein

Alkoholproblem hatte, nicht zwangsläufig ein schlechter Mensch war, aber Mrs Turner war schneller. »Und das war er seit Jahren! Die Pubs von Broktony waren wohl seine zweite Heimat«, ereiferte sie sich.

»Wer weiß, in welchem Milieu er verkehrt hat. Schließlich lebte der Mann allein. Sie verstehen, was ich sagen möchte.« Mrs Patel schürzte ihre Lippen und überprüfte den Sitz ihrer ondulierten Frisur.

»In so einem Milieu macht man sich bestimmt schnell Feinde«, mutmaßte Mrs Turner sogleich.

Elsy hatte aufgegeben, etwas zu sagen. Die beiden Frauen hatten eine engstirnige Sicht auf die Welt und sie würde diese wohl hier und jetzt nicht ändern können.

»Wissen Sie, schon damals, als er hierher gezogen ist, dachte ich, dieser Mann hat so etwas an sich ... Damals war er ständig unterwegs. Vielleicht ist er in die größeren Städte gefahren, um ... na ja ... seinen Spaß zu haben. Und wie du schon sagtest, Mildred, in so einem Milieu macht man sich unter Umständen schnell Feinde. Er könnte Schulden gehabt haben.«

Mrs Turner riss erregt ihre Augen auf. »Nicht zu vergessen der Männerbesuch!« Die zwei Schwestern puschten sich gegenseitig hoch.

Hätten die Frauen nicht so schlecht über andere gesprochen, hätte Elsy ihre dramatische Vorstellung als amüsant empfunden, so war sie einfach nur genervt. Doch das durfte sie sich nicht anmerken lassen. Sie dachte an den Inspektor und sein Pokerface und versuchte einen neutralen Gesichtsausdruck aufzulegen.

»Früher kam nämlich öfters ein Mann zu Besuch ins Küsterhaus«, erklärte Mrs Turner weiter. »Er kam regelmäßig einmal im Monat. Erst kürzlich habe ich mich an diesen Umstand erinnert ... Der Mann war in Mr Hides Alter. Ein zugegeben sehr unansehnlicher Mann war er. Ordentlich gekleidet, aber wenig schick und ohne jeglichen Esprit. Und er hatte immer einen alten, ausgebeulten Rucksack dabei. – Sie wissen es vielleicht nicht, aber mein altes Haus, das Elternhaus meines verstorbenen Ehemannes, Gott hab ihn selig, liegt in der Nähe des Küsterhauses. In der Nähe der Bushaltestelle. – Der Mann, er kam mit dem Bus und so sah ich ihn oft beim Aussteigen und seinen Weg zum Küsterhaus gehen. Wie er nachts, oder wann auch immer sein Besuch bei Hide endete, nach Hause gekommen ist, weiß ich nicht.«

»Kennen Sie seinen Namen?«, beeilte sich Elsy zu fragen. Ein Name konnte eine neue Spur für sie bedeuten.

»Leider, nein. Irgendwann endeten die Besuche und so vergaß ich die Angelegenheit. Ich habe diesen Mann nie wieder gesehen.«

»Der Inspektor war so dankbar für diese Informationen. Er hat alles fein säuberlich notiert«, erklärte Mrs Patel stolz. »Vielleicht haben wir *den* entscheidenden Hinweis zur Aufklärung der Mordfälle geleistet. Dieser Mann könnte der Mörder sein.« Mrs Patel setzte einen wissenden Gesichtsausdruck auf.

»Meine Damen!«, machte eine weitere Person mit leiser Stimme auf sich aufmerksam. Frances Miller, Jos Ehefrau, war auf sie zugekommen. »Guten Tag, zusammen. Meine Damen, darf ich Ihnen Miss Moore kurz entführen?«

»Mrs Miller! Gewiss, Sie dürfen. Wir waren ohnehin fertig.« Mrs Patel lächelte und ließ sogleich ihren Blick über den Laden schweifen.

»Miss Moore, einen angenehmen Tag. Bitte seien Sie so freundlich und richten Frederik liebe Grüße von uns aus!«, verabschiedete sich Mrs Turner. Ihre Schwester nickte zustimmend.

Elsy setzte ein unverbindliches Lächeln auf, als sie sich verabschiedete, »Einen angenehmen Tag, die Damen.«

Frances deutete ihr sogleich Richtung Ladentheke und Elsy ließ sich nicht zweimal bitten. Das Gespräch war zwar aufschlussreich gewesen, aber auch anstrengend. Diese kleine Dosis der Patel-Turner-Schwestern war mehr als ausreichend gewesen.

»Sie haben das nächste Opfer schon im Visier«, bemerkte Frances, als die beiden alten Frauen außer Hörweite waren.

Elsy schmunzelte. Vermutlich ging es jedem Dorfbewohner so mit den Schwestern. Sie waren eben Fluch und Segen zugleich.

Nachdem Frances hinter die lange Theke getreten war, holte sie etwas aus den versteckten Fächern der Theke hervor. Es war die Plätzchendose, die Elsy Trudy ins Pflegeheim gebracht hatte. »Ich habe zwei Zimtkringel für dich eingepackt. Danke nochmal für die leckeren Kekse. – Ich muss zugeben, ich habe einen stibitzt. – Meine Mutter hat sich sehr gefreut. Auch wenn sie es nicht zum Ausdruck bringen konnte.«

»Gerne. Und danke. Die Zimtkringel wären allerdings nicht nötig gewesen. Nichtsdestotrotz, ich freue mich sehr darüber.« Elsy nahm die Keksdose glücklich entgegen und öffnete sie einen Spalt. Ein buttriger Duft sowie eine prägnante Note von Zimt strömten ihr entgegen. »Die – sind – so – gut!« Elsy konnte ihre Vorfreude darauf nicht verbergen.

»Hast du alles zusammen? Darf ich kassieren?«, fragte Frances, die offenbar Jo derzeit an der Kasse ersetzte. Mit ihrer eleganten Hochsteckfrisur und der schicken Kleidung sah Frances sehr gepflegt aus. Frances hatte eine angenehm ruhige Art, wie Elsy wiederholt feststellte.

»Gern.«

»Manchmal sind sie einfach schrecklich, die zwei«, bemerkte Frances sehr leise. Es war nicht so, als wollte sie flüstern. Sie sprach einfach leise. Manchmal so leise, dass Elsy sich konzentrieren musste, alles zu verstehen. Da Frances allerdings auch ein sehr zurückhaltener Mensch war, hatte sich Elsy bislang nicht getraut, sie darauf aufmerksam zu machen.

»Der arme Mr Hide. Nach seinem Tod so viel Klatsch ausgesetzt zu sein, das ist nicht schön. Na ja, daran müssen wir zwei uns ja nicht beteiligen.« Frances blickte vom Kassieren auf, als wartete sie auf eine zustimmende Reaktion.

Elsy dachte in diesem Moment über die Worte der Schwestern nach und war kurz abwesend. Vieles, was die Schwestern angedeutet hatten, war möglich. Hide hätte Feinde überall haben können. Ihre spontane Idee, dass Imelda und sie auch in größeren Städten der Umgebung recherchieren könnten, war, wie sie selbst sofort bemerkte, absurd und sie verwarf sie gleich wieder. In einer Stadt würden sie niemals etwas herausfinden. Das wäre, als suchten sie die berühmte Nadel im Heuhaufen. Sie hätten keine Chance. Nein, hier war wirklich die Polizei gefragt.

»Elsy …?«, hakte Frances freundlich nach.

Elsy erwachte aus ihren Gedanken. »Tut mir … tut mir leid. Ich war gerade total abwesend. Was sagtest du? Ach ja, stimmt! Du hast vollkommen recht. Klatsch und Tratsch ist auch nicht meins.«

Nachdem Elsy ihre Einkäufe eingepackt und sich von Frances verabschiedet hatte, machte sie sich auf den Weg zu ihrem Auto. Ihr Korb wog mittlerweile eine gefühlte Tonne und sie wollte ihn nicht auch noch hin und zurück zum Metzger schleppen. Sie parkte ihren Korb gerade im Kofferraum, als ihr Handy im Sound alter Wahltelefone klingelte. Gleichzeitig zog ein gewaltiges Donnergrummeln über das Land.

Elsy blickte nach oben und ein erster Regentropfen traf sie auf die Stirn. Es roch bereits deutlich nach Regen, gleich würde es ordentlich schütten. Sie setzte sich schnell in ihr Auto und nahm ab.

Ihre Freundin Imelda lächelte sie von einem Foto auf ihrem Display aus an. »Hi, was gibt's?«, begrüßte Elsy sie.

»Wir haben eine Verabredung!«, hielt sich Imelda nicht lange auf. »Im Frauenhaus.« Imeldas samtige Stimme klang in Elsys Ohren nach.

»Was?« Elsy war erstaunt. »Wie viele Leute kennst du eigentlich?«, neckte sie ihre Freundin.

»Viele. Und allesamt sind sie wichtig. Linda, eine alte Schulkameradin von mir, arbeitet dort. Morgen hat sie Dienst und *wir* besuchen sie.«

»Das ist … super«, antwortete Elsy leicht abwesend. Gerade noch hatte sie mit Frances gesprochen und nun plante sie, heimlich Erkundigungen über ihre Mutter anzustellen. Elsy fühlte sich unwohl bei diesem Gedanken. – Hätten sie nicht auch einfach Frances darauf ansprechen können … Nein, das hätten sie nicht. Soeben hatte Frances noch gesagt, wie sehr sie Klatsch verabscheute. Sicher würde sie ihnen nichts erzählen.

Imelda bemerkte ihr Zögern. »Hey, bist du noch da?«

Ein kräftiger Regenguss prasselte auf Elsys Auto nieder. »Ja, ich habe nur nachgedacht«, sagte sie laut, um das Trommeln des Regens zu übertönen.

»Gibt es bei dir was Neues?«

Elsy berichtete Imelda von dem Wissen und den Vermutungen der Schwestern. »… Die Damen waren mal wieder verstörend und hilfreich zugleich. Hilfreich allerdings nur in einem Punkt. Die Theorie vom Rotlichtmilieu können wir kaum überprüfen, aber der fremde Mann könnte eine Spur sein. Nur, über ihn etwas herauszufinden, wird auch nicht gerade leicht werden.«

»Wir könnten den Pastor fragen. Wenn er regelmäßig bei Hide zu Besuch war, könnte Wilson ihn kennen.«

»Stimmt.«

»Wir setzen Fred auf Wilson an. Wenn er etwas weiß,

wird er es ihm bestimmt verraten.« Imelda lachte über sich selbst. »Gott, so etwas wollte ich schon immer einmal sagen.«

Elsy räusperte sich. »Mein Name ist Moore. Elsy Moore«, sagte sie mit tiefer, belegter Stimme und stimmte in Imeldas Lachen mit ein.

15

Auf jemanden warten zu müssen, ohne etwas Richtiges zu tun zu haben, fühlte sich für Elsy an, als würde sich die Zeit selbst nur kriechend voranschleppen, als hätte der Sekundenzeiger auf ihrer Uhr beschlossen, nicht im stetigen Galopp zu ticken, sondern lediglich im Schritttempo seine Kreise zu ziehen. Elsy stand auf dem Bürgersteig neben einer kleinen, urigen Bäckerei, in der sie soeben Verpflegung für Imelda und sich besorgt hatte. Sie nahm sich ein Stück von ihrem üppigen Schokocroissant und überlegte kauend, wann Imelda endlich auftauchte.

Imelda hatte sie für elf Uhr dorthin bestellt und Elsy war mal wieder gute fünfzehn Minuten zu früh gewesen. Zeitlebens erschien Elsy früher zu Verabredungen, sie konnte sich nicht erinnern, einmal zu spät gewesen zu sein. Vielleicht rührte diese Eigenschaft von ihren deutschen Wurzeln, ihre Großeltern mütterlicherseits kamen von dort. Und den Deutschen sagte man doch Pünktlichkeit nach.

Zum Glück schien an diesem Tag die Sonne. Der leuchtende Sonnenstrahl, in den sie sich gestellt hatte, wärmte sie. Im Regen zu warten, wäre reichlich ungemütlich gewesen. Elsy wippte leicht auf ihren Füßen – etwas, was sie häufig tat, wenn ihre Ungeduld überhandnahm – und suchte die Umgebung nach Imelda ab.

Hier am Stadtrand von Hoktony, eine kleine Stadt in der Nähe von Stricktony, war es ruhig. Nur wenige Autos fuhren auf den Straßen und auf den Gehwegen waren ebenso wenig Passanten unterwegs. Die Gegend war gepflegt, wenngleich sie nicht als sonderlich schick bezeichnet werden konnte.

Vielleicht war dies der Grund, warum hier das Frauenhaus zu finden war. Es war wenig los, aber völlig abgelegen lag das Haus auch nicht. Die zahlreichen Häuser der Umgebung boten Schutz.

Elsy versuchte sich vorzustellen, wie es in einem Frauenhaus aussah, konnte sich beim besten Willen aber keine Vorstellung machen. War es wie in einem Krankenhaus, in einem Heim? Oder war es vielmehr eine Art Pension? Wie auch immer es aussehen mochte, Elsy war froh, dass es solche Einrichtungen für Frauen gab.

»Guten Morgen, meine Süße!«, trällerte Imelda von der gegenüberliegenden Straßenseite. Sie kam zu Elsy herüber und nahm sie zur Begrüßung in den Arm.

In ihrem weitgeschnittenen Hosenanzug aus braunem Tweed, der aus einer vergangenen Epoche zu stammen schien, mit ihren roten Lippen und den hohen Pumps, wirkte Imelda mondän und selbstbewusst.

Elsy bewunderte sie. »Guten Morgen. Du siehst toll aus!« Aus Elsys Sicht hätte Imelda definitiv als Marilyns Zwillingsschwester durchgehen können.

Als Imelda nonchalant abwinkte, reichte Elsy ihr die zweite Papiertüte mit einem weiteren Schokocroissant für sie. »Hier, für dich! Da wir den Lunch verpassen, dachte ich, du könntest eine kleine Stärkung gebrauchen.«

Imelda öffnete die Tüte und schnupperte an der fettigen Köstlichkeit. »Danke, Elsy. Du bist ein Schatz! – Auch wenn ich manchmal den Eindruck habe, du willst mich mästen.«

»Wenn überhaupt mäste ich uns beide«, konterte Elsy grinsend und prostete ihr mit ihrem Croissant zu.

Imelda warf einen letzten Blick auf die kleine, buttrige Sünde in ihren Händen und seufzte wehmütig. »Ich verwahre mir meins für später.« Sie legte die Tüte vorsichtig in ihre große, dunkelbraune Handtasche und hakte sich bei Elsy unter. »Bist du bereit?«

»Aber sicher.«

Das ließ sich Imelda nicht zweimal sagen und lenkte Elsy in die richtige Richtung. »Wenn wir gleich da sind, müssen wir schellen und nach Linda fragen. Vermutlich ist sie diejenige, die im Büro sitzt und die Videoüberwachung am Eingang im Blick hat.«

»Videoüberwachung?«

»Die ist ein Muss! Solange den Mitarbeitern nicht klar ist, wer vor der Tür steht, wird die Tür nicht geöffnet. – Linda wird uns dann ins Büro bitten. Wir wollen ja keine Aufmerksamkeit erregen. Linda tut mir einen Gefallen. Sie schuldet mir was. Aber es soll natürlich niemand erfahren, warum wir dort sind.«

»Natürlich.«

»Im Notfall, also für den Fall, dass jemand fragt, wir sind dort, weil wir das Haus hinsichtlich einer Spende in Augenschein nehmen wollen. Und das entspricht zum Glück auch der Wahrheit. – Fred hat mich soeben angerufen und mich gebeten, einen Scheck als Spende auszustellen.«

»Großzügig, wie immer.« Elsy kam sofort das Gespräch mit Fred während des Frühstücks in den Sinn. Fred hatte sich fürchterlich aufgeregt. Wie abgrundtief schlecht musste die Welt sein, dass Frauen ihr eigenes Zuhause verließen und Schutz bei Fremden suchten. Er hatte Mitgefühl mit den Frauen und so wunderte es Elsy auch nicht, dass er sich spontan dazu entschieden hatte zu spenden.

Imelda verlangsamte ihre Schritte und blieb schließlich vor einem unscheinbaren, mehrstöckigen Gebäude, das seitlich von weiteren Häusern ausgeschlossen war, stehen. Sie schellte und schaute hoch zur Kamera.

»Ja, bitte!«, knarzte es durch die Gegensprechanlage.

»Imelda James und Elsy Moore für Linda Andrews. Wir sind angemeldet.«

Sogleich ertönte ein Surren und die Tür wurde geöffnet.

Imelda und Elsy traten in einen schmalen, hellen Flur. Weit kamen sie nicht, denn bereits drei Meter hinter dem Hauseingang folgte eine Gittertür.

Elsy hörte Schritte.

»Guten Morgen, die Damen«, begrüßte sie eine Frau in Imeldas Alter. Sie hatte blonde, schulterlange Haare, trug Jeans und ein kurzärmeliges Hemdchen, das auch Pfleger in Krankenhäusern trugen. Sie wirkte resolut und freundlich zugleich.

»Guten Morgen, Linda«, grüßte Imelda zurückhaltend.

Da Elsy kein Aufsehen erregen wollte, schwieg sie vorerst. Sie nickte lediglich zur Begrüßung.

Linda, die bereits die Gittertür für sie geöffnet hatte, wies die beiden an, ihr tonlos zu folgen. Sie ging voran und führte sie über einen kurzen Flur, in dem zahlreiche selbstgemalte, bunte Bilder hingen, in ein kleines Büro. Nachdem sie die Tür geschlossen hatte, lockerte sich ihre Haltung sichtlich.

»Imelda James, ich bin nicht glücklich über deinen Besuch. Falsch! Ich freue mich, dass du hier bist, aber nicht aus welchem Grund.«

»Umso dankbarer bin ich, dass du uns hilfst.« Imelda schenkte ihr ein aufrichtiges Lächeln.

Linda schüttelte über sich selbst den Kopf. »Wer kann dir schon etwas abschlagen. Bitte setzt euch! Möchtet ihr Tee?« Ohne abzuwarten schenkte Linda einen rotleuchtenden Früchtetee in drei altenglische Teetassen. Der ganze Raum roch nach diesem Tee. Schon beim Betreten des Raumes war Elsy dieser parfümierte, beerige Geruch aufgefallen, aber sie hatte den Geruch fälschlicherweise einer Duftkerze zugeschrieben.

Nachdem Elsy auf einem der schmalen Stühle Platz genommen hatte – das Büro war sehr klein und die beiden Besucherplätze passten gerade so in den Raum –, nahm Elsy vorsichtig einen kleinen Schluck. Für Elsy gab es nichts

Schlimmeres als parfümierten Tee. Und ja, dieser war parfümiert. Es war, als hätte sich eine dicke, schwere Wolke aus Haarspray mit Beerengeschmack in ihren Mund verirrt. Elsy gab sich Mühe, das Gesicht nicht zu verziehen. Was Tee anbelangte, war sie einfach eigen.

»Und Sie sind Elsy Moore? Die Hauswirtschafterin des Baron of Faun.«

»Genau die bin ich.« Elsy stellte ihre Tasse beiseite und nahm sich einen von den angebotenen Karamellkeksen. Die Kekse würden sicherlich den Tee neutralisieren.

Linda hatte einen prüfenden Blick aufgesetzt, als wollte sie ihr Gegenüber einschätzen. »Es freut mich Sie kennenzulernen. Auch wenn ich den Grund dafür nicht schätze. Was zum Teufel wollt ihr mit der alten Akte von Trudy Jenkins? Und warum sollte ich mich wegen ihr umhören?« Linda sprach leise. Vermutlich waren die Wände des Büros sehr dünn.

»So gerne ich es dir sagen würde, zum jetzigen Zeitpunkt ist das leider nicht möglich«, riegelte Imelda ab.

Linda war wenig begeistert, hatte aber anscheinend mit dieser Antwort gerechnet. Sie seufzte und reichte Imelda die Akte. »Na gut, aber nur weil du es bist und ich weiß, dass du damit keinen Schaden anrichtest.«

»Danke.« Imelda überflog die Akte, die bloß aus ein paar losen Blättern zu bestehen schien, und reichte sie dann weiter an Elsy.

Trudys Akte war dünn. Ein paar veraltete Eckdaten waren in ihr zu finden. Das einzig Interessante war der Hinweis auf Frances. Trudy war also wirklich früh Mutter geworden. Hatte man sie vom Kinderheim ins Frauenhaus verlegt, weil sie schwanger geworden war?

»Wie ihr seht, die Akte gibt nicht wirklich viel her. Spannender ist, was ich von einer alten Mitarbeiterin, Mrs Foster, erfahren habe. Sie lebt schon im Ruhestand und ich habe sie extra für euch angerufen. Sie war die einzige Person, die mir eigefallen ist, die noch etwas über diese Zeit wissen konnte. Und ich hatte recht.«

»Und was hat sie Ihnen erzählt?« Elsy war mehr als neugierig.

»Trudy war noch sehr jung, als sie damals in Frauenhaus kam. Sie war schwanger und damals war so etwas ja noch so eine Sache. Es war verpönt und die Frauen wurden von der Gesellschaft meist schlecht behandelt. Das war es aber nicht, was mich aufhorchen ließ. Als Mrs Foster von Trudy berichtete, sagte sie, dass in diesem Zusammenhang auch etwas unter den Teppich gekehrt wurde. Im Kinderheim. Was genau, wusste sie nicht. Ihr wurde damals sogar verboten, nachzufragen. Das Einzige, was sie wusste, dass der Ruf des Kinderheims auf dem Spiel gestanden hat. Es wäre geschlossen worden, wenn ein gewisser Umstand ans Licht gekommen wäre, und damit wäre ja niemandem gedient gewesen, also schwieg sie. Mrs Foster nahm an, so jung wie sie damals selbst war, dass es wegen der Schwangerschaft an sich war, aber das allein, vermutet sie heute, war es bestimmt nicht gewesen.«

Imelda verstand nicht, warum Mrs Foster nichts weiter wusste. »Kannte Mrs Foster Trudy denn nicht gut? Trudy hat immerhin einige Monate hier gelebt. Sie muss doch irgendetwas darüber erzählt haben?«

»Trudy war wohl ein sehr schweigsames, junges Mädchen gewesen und nachdem sie entbunden hatte, blieb sie nur für kurze Zeit hier. Wenn ihr mich fragt, steckt da mehr dahinter. Natürlich war damals eine Schwangerschaft bei einem so jungen Mädchen ein kleiner Skandal, erst recht in so einer ländlichen Gegend wie dieser. Aber das allein wird es nicht gewesen sein. Entweder war der Vater des Kindes einer der Heimmitarbeiter oder sie ist, was ich inständig nicht hoffe, im Ort vergewaltigt worden.«

Auch Elsy hatte bereits an diese Optionen gedacht.

»Linda, ich danke dir sehr, dass du uns ins Vertrauen gezogen hast. Ich verspreche dir, wir werden alles, was du uns erzählt hast, diskret behandeln«, versicherte ihr Imelda.

»Und ihr wollt mir wirklich nicht verraten, worum es geht?« Linda blickte weniger neugierig als erst. Vermutlich beschäftigte sie, dass einem jungen Mädchen vielleicht Leid angetan worden war, und sie war ehrlich interessiert, die Hintergründe zu erfahren.

»Es ist kompliziert. Wenn wir mehr wissen … Irgendwann, okay?«

»In Ordnung.«

Kaum hatten Elsy und Imelda das Frauenhaus verlassen, sprachen sie über das Gehörte und ihre Theorien dazu.

»Ich stimme Linda zu. Entweder war der Vater des Kindes, also der Vater von Frances, ein Mitarbeiter des Kinderheims oder sie ist vergewaltigt worden. Oder beides.« Imelda deutete an, weiterzugehen. Elsy folgte ihr.

»Kennen wir den Vater von Frances?«, fragte Elsy.

»Also ich nicht. Ich muss aber auch gestehen, dass ich mir darüber nie Gedanken gemacht habe. Trudy hat nie geheiratet und Frances allein am Rande von Stricktony großgezogen. Ob irgendwann mal Frances' Vater ins Spiel gekommen ist, weiß ich nicht. Und so gut kenne ich Frances nicht, als dass sie mit mir über ihn gesprochen hätte.«

»Hm … Die entscheidende Frage ist vielleicht auch gar nicht, wer ihr Vater ist, sondern warum das Kinderheim versucht hat, etwas zu vertuschen. Klar, ein fünfzehnjähriges Mädchen, das in einem Kinderheim schwanger wird, war damals zweifelsohne ein kleiner Skandal. Aber ist das an sich ein Grund, so etwas zu vertuschen und sie still und heimlich, so sieht es zumindest aus, in ein Frauenhaus zu bringen? Wenn Trudy jemanden gehabt hätte, der sie geliebt hat, hätte dieser jemand doch versucht, ihr beizustehen und Teil ihres Lebens zu sein. Auch später. Nein, ich glaube, wenn eine Institution wie ein Kinderheim so reagiert, ist bestimmt etwas Schlimmeres vorgefallen.«

»Aber warum stand dann in der Kartei des Kinderheims ein FH bei Trudys Eintrag? Ich meine, jeder hätte darauf kommen können, was das FH bedeutet. Hätten sie diesen Vermerk dann nicht tunlichst vermieden!?«

»Darüber habe ich auch nachgedacht. Vielleicht hat jemand diesen Vermerk gemacht, ohne groß darüber nachzudenken. Und überleg mal, auf dem Foto sieht man ganz deutlich, dass der Eintrag im Vergleich zur Schrift der übrigen Einträge verblasst war. Es wäre also denkbar, dass jemand im Nachhinein versucht hat, den Eintrag zu entfernen. Und außerdem, wer schaut überhaupt in diese Karteien?! Kaum jemand. Dieser Eintrag war bestimmt ihr kleinstes Problem in diesem Zusammenhang.«

»Guter Punkt.«

Elsy rieb sich die Schläfen. Tausend Gedanken gingen ihr durch den Kopf. Und es machte ihr Sorgen, dass sie die schlimmste Befürchtung für die am wahrscheinlichsten hielt. »Schon allein es zu sagen, ist schrecklich, aber ich befürchte, Trudy ist vergewaltigt worden.«

Imelda nickte traurig.

»Und dass Frances bei Trudy im Pflegeheim über all dies geschwiegen hat, ist klar. Wenn Trudy all die Jahre nie über diesen Vorfall sprechen wollte, so wird Frances ihr zuliebe gewiss auch schweigen. Ich gehe zumindest davon aus, dass Frances Bescheid weiß. Jedes Kind fragt doch irgendwann mal nach seinem Vater.«

Als sie wieder an ihrem Treffpunkt, der Bäckerei, angekommen waren, blieben sie einen Augenblick stehen, um weiter sprechen zu können.

»Ich meine, es sind noch immer alles Vermutungen, aber

wenn das mit der Vergewaltigung zutrifft und wir berücksichtigen, was Efrem uns über Hides Verhalten gegenüber seiner Schwester gesagt hat —«

»Dann könnte Hide der Täter sein«, beendete Imelda für Elsy den Satz.

»Wir haben eindeutig zu viele *Wenns* in unserer Gleichung.« Elsy seufzte. »Ich meine, okay, Hide hat jemanden belästigt und anscheinend war die Sache mehr als unschön, aber heißt das, dass er deshalb auch fähig war, jemanden zu vergewaltigen? Zumal er damals selbst noch ein Kind war.«

»Ich weiß es nicht ... Eine andere Frage ist auch, wenn Trudy vergewaltigt wurde und Hide es getan hat, wäre dies ein Mordmotiv? Und wenn ja, warum sollte sich Trudy, jetzt, nach all der Zeit rächen wollen? Wenn jemand solange schweigt ..., was hätte sie bewogen, sich jetzt zu rächen?«

Elsy dachte noch weiter. »Nur, warum wurde dann auch Brown ermordet und warum steht noch ein Mord aus? Irgendwie passt das alles nicht so recht zusammen.«

Die beiden Frauen waren unzufrieden. Sie wussten wenig und vermuteten vieles. »Elsy, um ehrlich zu sein. Wir zwei werden hier nicht weiterkommen. Es gibt zu viele Fragezeichen.«

Elsy war enttäuscht. »Ich weiß. Aber, was sollen wir jetzt tun?«

»Wir werden Will informieren.«

»Will?« Elsy war zweifach verwundert. Warum nannte Imelda den Inspektor jetzt Will? Und war es wirklich klug, den Inspektor jetzt schon einzuschalten?

Imelda verstand Elsy ohne Worte. »Q mochte er nicht. Aber was will er schon gegen seinen eigenen Namen sagen?«

»Spitznamen!«

»Sei nicht so kleinkariert, Miss Moore! Außerdem dieser Mann muss ab und zu einfach aus der Reserve gelockt werden. Er ist viel zu ernst. – Aber, um auf unser eigentliches

Thema zurückzukommen. Es ist doch so: Wir haben Infos, wissen aber nicht, ob sie nützlich sind. Will wird die Sache richtig einschätzen können. Und wenn wir so helfen können, ist es doch gut.«

»Du hast recht ...« Elsy war wenig begeistert, dem Inspektor von ihren geheimen Recherchen zu berichten. Weiß Gott, wie er reagieren würde, aber es war das Richtige.

»Pass auf, wir machen es so! Du fährst zu Will und erzählst ihm, was wir in Erfahrung gebracht haben und was unsere Vermutungen sind. Ich fahre zum Kinderheim und fühle denen nochmal auf den Zahn. Ich habe zwar keine große Hoffnung, aber ein Versuch ist es wert. Erst wenn wir wissen, was damals wirklich geschah, können wir einschätzen, ob es mit den Morden zusammenhängt oder nicht. Und du stimmst mir sicherlich zu, dass wir Frances diesbezüglich nicht fragen können.«

»Stimmt, das sollten wir nicht. Also gut, machen wir uns auf den Weg.«

16

Es waren noch fünf Minuten, bis Elsy die Polizeiwache erreichte und sie hatte zugegebenermaßen ein wenig Muffensausen.

Bevor sie losgefahren war, hatte sie dem Inspektor eine Nachricht geschrieben. Sie musste sich schließlich versichern, dass er heute Dienst hatte.

Habe Neuigkeiten. Sind Sie auf dem Revier? war ihre kurze Nachricht gewesen.

Seine Antwort kam innerhalb einer Minute. *Bin im Büro. Warte auf Sie.*

Bin in dreißig Minuten da. Nach dieser letzten Nachricht hatte Elsy ihr Handy weggesteckt und den Motor angeschmissen.

Die Fahrt zurück nach Stricktony war wie im Fluge vergangen, was sicherlich dem geschuldet war, dass sich Elsys Gedanken überschlugen. Auf der einen Seite wollte sie all ihre Neuigkeiten mit dem Inspektor teilen und mit ihm darüber diskutieren. Auf der anderen Seite hatte sie die dumpfe Ahnung, dass er wenig begeistert war, dass sie überhaupt recherchierte. Zudem musste sie sich ganz genau überlegen, was sie sagte und von wem sie sprach. Imelda und sie hatten Efrem und auch Linda das Versprechen gegeben, über sie zu schweigen, und dieses wollte sie unter keinen Umständen brechen. Linda würde einen Mordsärger bekommen, wenn ans Licht käme, dass sie vertrauliche Daten ausgeplaudert hatte. Das oberste Gebot war also: Ruhe zu bewahren und falls nötig ein Pokerface aufzusetzen. Ja …, das war doch ein Klacks.

Elsy parkte direkt vor der Wache, einem einstöckigen, roten Backsteingebäude, das freistehend, direkt zu Beginn der Dorfstraße lag. Sie klopfte an der schwarzen, schweren Eingangstür und wartete darauf, eingelassen zu werden. Schon zum zweiten Mal an diesem Tag zoomte eine Kamera auf sie.

Kurz darauf hörte sie das Surren des elektronischen Türöffners und sie trat ein. Warme, dicke Luft schlug ihr dabei entgegen.

Es war das erste Mal, dass Elsy die Polizeiwache betrat. Bislang hatte es nie einen Anlass dafür gegeben. Sie sah sich um und ließ das Ganze auf sich wirken.

Ein langer, weißer Tresen trennte den Eingang vom übrigen Raum, in dem mehrere Bürotische Platz fanden. Alles war weiß oder grau. Die Wände waren kahl, auf den Tischen stapelte sich Papierkram. Das einzig Freundliche in diesem Raum war Constable Marty Hall, der hinter dem Empfang saß und sie strahlend begrüßte. »Elsy Moore, du wirst schon dringlich erwartet.«

Elsy lächelte leicht verkrampft. Sie wusste nicht so recht, ob das gut oder schlecht war. »Hallo, Marty!«

Marty lehnte sich über den Tresen. »Er war schon dreimal hier vorn und hat nach dir Ausschau gehalten«, fügte er im Flüsterton hinzu.

Marty Hall war, mit seinen roten, wilden Haaren und dem spitzbübischen Lächeln, das Abbild eines typischen Lausbuben. Zumindest für Elsy. Vielleicht war es auch, weil sie ihn kannte. Sie wusste, dass er gerne lachte und mit Freunden seine Späße trieb. Er war ein schlaksiger Typ und sein Gesicht sah eher aus wie das eines Pubertierenden als das eines Mittzwanzigers.

Als Marty einen Schalter an der Seite betätigte, ertönte ein dumpfes Surren. Er zog am Tresen, wodurch ein Stück dessen zur Seite klappte und Elsy eintreten konnte.

»Er hat gesagt, ich soll dich unverzüglich zu ihm bringen. Also, folge mir bitte!« Marty zwinkerte ihr zu und ging voran.

Erst jetzt, wo Elsy näher trat, bemerkte sie einen weiteren Kollegen.

Es war der stämmige Constable Herbie Gibson. Er saß hinter einem großen Bildschirm versteckt und bearbeitete irgendwelche Dokumente. Er nickte kurz und vertiefte sich dann wieder in seine Arbeit.

Elsy folgte Marty ums Eck in einen Flur, von dem sie sogleich einen Blick in das Büro des Inspektors werfen konnte. Lediglich eine Glaswand und -tür trennten sein Reich von den übrigen Räumlichkeiten.

Der Inspektor saß an seinem Schreibtisch und schien versunken in einer Akte. Er rückte seine Brille zurecht und machte sich am Rand eines Blattes eine Notiz. Die Brille sah sie heute zum ersten Mal. Bisher war er immer ohne Brille unterwegs gewesen. Es war ein dunkelgraues, kastiges Gestell, was perfekt zu seinen kantigen Gesichtszügen und seinen dunkelbraunen Haaren passte. Sein Dreitagebart rundete das Ganze noch ab. Dieser Mann war verstörend attraktiv, was Elsy nicht gerade dabei half, einen kühlen Kopf zu bewahren.

»Viel Glück!«, sagte Marty und klopfte gegen die Glastür.

Elsy sah ihn mürrisch an. »Brauche ich das etwa?«

»Eigentlich nicht. Er ist fair.« Marty öffnete für sie die Tür und trat darauf zur Seite. »Chef!« Er nickte dem Inspektor kurz zu und verließ dann die beiden.

»Miss Moore!« Als der Inspektor aufstand, wirkte der Raum mit einem Male viel kleiner. »Wollen Sie nicht hineinkommen?«, fragte er, als er ihr Zögern bemerkte.

Elsy sah sich in dem Raum um. Neben einem Schreibplatz mit PC und zwei Sitzgelegenheiten für Besucher fanden ein paar Aktenschränke, eine Pinnwand mit Fahndungsfotos und eine Kaffeeecke Platz. Zwischen den zwei Fenstern des Raumes hingen Plakate, Eigenwerbung der Polizei. Alles wirkte ordentlich und aufgeräumt.

»Bitte nehmen Sie Platz!«

»Danke und guten Tag«, sagte Elsy förmlich und setzte sich ihm gegenüber. Sie ließ sich Zeit damit, rückte ihre Jacke zweimal zurecht, blickte kurz auf ihr Handy und faltete dann ihre Hände über ihrem kleinen Rucksack, der auf ihrem Schoß lag. Sie überlegte händeringend, wie sie beginnen sollte. Bis jetzt hatte sie tunlichst vermieden, aufzusehen.

»Darf ich Ihnen einen Tee anbieten?« Der Inspektor war bereits zu der kleinen Kaffeeecke gegangen, als Elsy aufblickte. Er nahm eine zweite Tasse sowie eine Thermoskanne von einem Tablett. »Ich nehme an, Sie mögen Darjeeling? Ich habe ihn gerade frisch aufgebrüht.«

»Haben Sie auch Zucker?«

»Warum wundert mich diese Frage jetzt nicht.«

»Sagt der Mann, der Brownies zum Frühstück isst.«

»Touché!« Nachdem der Inspektor ihr den Tee eingeschenkt und den Zucker gereicht hatte, setzte auch er sich.

»Die Brownies waren übrigens sehr lecker. Vielen Dank dafür.«

»Und entschuldigen Sie, dass ich einfach unangekündigt bei Ihnen aufgetaucht bin.«

»Kein Problem. Wer mir Brownies bringt, darf immer unangekündigt auftauchen«, sagte sie leichthin und biss sich sogleich auf die Zunge, als sie sich erinnerte, zu wem sie es sagte. Sie räusperte sich und lenkte ab, »Ja gut, warum ich hier bin.«

Inspektor Quinn lehnte sich in seinem Stuhl zurück und machte eine auffordernde Geste.

»Also …, wir haben etwas herausgefunden. Um genau zu sein, sind es mehrere Dinge. Dinge, von denen wir nicht wissen, ob sie eventuell für Ihre Ermittlungen relevant sein könnten.«

»Wer ist *wir*?«

Elsy stöhnte innerlich. Es war klar gewesen, dass diese Frage kommen musste. »Es wird Sie nicht wundern. Mit *wir* meine ich: Fred, Imelda und mich.«

»Sicher.« Er schüttelte leicht den Kopf und schmunzelte dabei.

»Wie dem auch sei, es gibt mehreres zu berichten. Und ich weiß leider nicht, ob die Dinge eventuell zusammenhängen. Ich habe Ihnen doch erzählt, dass ich mit Frances Miller und Trudy Jenkins über das Kinderheim gesprochen habe und dabei nichts rumgekommen ist. Durch eine andere Quelle erfuhr ich jedoch, dass Trudy nur kurz im Heim war und dann in ein Frauenhaus kam. Der Grund dafür, vermuten Imelda und ich, war, dass sie schwanger wurde. Merkwürdigerweise hat damals das Kinderheim in diesem Zusammenhang irgendetwas zu vertuschen versucht. Klar, eine Schwangere in einem Kinderheim ist für die Verantwortlichen eine prekäre Angelegenheit, aber deswegen allein versucht doch niemand etwas zu vertuschen. Und deshalb haben Imelda und ich die böse Ahnung, dass Trudy vielleicht etwas Schlimmes zugestoßen ist.«

Je mehr Elsy berichtet hatte, desto angespannter wirkte der Inspektor. Er hatte sich auf seinen Schreibtisch gestützt und schaute grimmig. »Bitte, machen Sie weiter!«, forderte er sie auf.

Elsy rückte auf ihrem Stuhl hin und her und nahm zur Beruhigung einen Schluck von ihrem Tee. Ein entspanntes Gespräch war etwas anderes. Nach einem weiteren Schluck warmen Tees, setzte sie ihre Ausführungen fort, »Darüber hinaus haben wir von Gerüchten gehört, dass Hide vor vielen Jahren eine Frau hier im Dorf schlimm belästigt hat. Also haben wir uns natürlich gefragt, ob zwischen diesen Dingen, auch wenn es viele Mutmaßungen und Ungewissheiten sind, ein Zusammenhang existiert. Die Frage ist: Wenn Trudy wirklich vergewaltigt wurde, könnte es vielleicht Hide gewesen sein? Und könnte eine Vergewaltigung ein Mordmotiv sein? Nur, warum wurde dann auch Brown ermordet und warum steht ein Mord noch aus? Es gibt so viele Fragen. Es ist frustrierend.«

Nun lehnte sich der Inspektor in seinem Stuhl wieder zurück und schaute nachdenklich in die Ferne. Als er sie wieder ansah, hatte er eine Frage an sie. »Wer sind Ihre Quellen?«

Auch mit dieser Frage hatte Elsy gerechnet und auch wenn ihm ihre Antwort nicht gefallen würde, wollte sie Efrem und Linda schützen. »Puh … Das ist eine gute Frage. Ich kann mich gar nicht mehr erinnern. Wir drei haben mit so vielen Menschen gesprochen.« Elsy versuchte, unschuldig auszusehen.

»Natürlich.« Der Inspektor sah sie prüfend an. »Ich weiß nicht, ob ich verärgert oder Ihnen dankbar sein soll. Na ja, dankbar kann ich Ihnen wohl erst dann sein, wenn uns Ihre Informationen weitergeholfen haben. Zugegeben, wir haben bislang in eine andere Richtung gedacht und diese Informationen sind uns gänzlich neu.« Er sah auf die Akte, die vor ihm lag. »Ganz abwegig … ist das Ganze nicht, also sollten wir kurz weiter darüber nachdenken. Ich möchte Ihnen etwas zeigen.« Er blätterte durch die Akte, las das eine und andere und zog dann ein Blatt Papier hervor. Er legte es seitlich, damit Elsy mitlesen konnte. »Diese Informationen sind vertraulich, Miss Moore. Es steht Ihnen nicht zu, diese zu teilen, weder mit Frederik Smart noch mit Imelda James oder sonst wem«, sagte er mit Nachdruck.

»Natürlich!« Elsy ließ sich nicht zweimal bitten und rückte ein Stück nach vorn. In der Sekunde, als sie das Blatt sah, begriff sie, was vor ihr lag. Sie musste sich dumm stellen.

»Was ist das …? Ah, das ist vom Kinderheim. Ist das eine Art Kartei?«

»Genau. Das ist eine Liste von den Kindern, die im Jahr 1967 im Kinderheim gelebt haben. Ich habe weitere Listen aus anderen Jahrgängen, aber auf dieser ist auch Miss Jenkins zu finden.« Zusätzlich zu den Angaben des Kinderheims war die Liste mit Notizen des Inspektors beschriftet. »Kennen Sie vielleicht eine dieser Personen oder haben von Ihnen gehört?«

»Hide und Trudy kenne ich natürlich. Brown, als zweites Mordopfer, kenne ich nur vom Hören. Die anderen Personen sagen mir leider nichts.« Sie schaute über die Notizen und dachte laut nach. »Also diese fünf Personen sind bereits verstorben?«

»Richtig.« Er zeigte auf zwei weitere Namen. »Und diese beiden sind nach Kanada ausgewandert«, erklärte er ihr.

Diese Informationen deckten sich mit denen von Fred. Jetzt blieben noch vier Unbekannte. »Das heißt die einzigen Menschen, die uns irgendwie weiterhelfen könnten, sind diese vier, richtig …? Hm, also wenn es einen Skandal gab, den man versucht hat zu vertuschen, sollten wir überlegen, wie alt diese vier Kinder 1967 waren.«

»Warum?«

»Na ja, zum Beispiel Kleinkinder werden wohl nichts von einem Skandal mitbekommen haben, geschweige denn daran beteiligt gewesen sein. Man könnte sie natürlich trotzdem befragen, aber wenn jemand etwas weiß, dann vermutlich die Kinder, die älter waren.«

»Okay, logisch.« Der Inspektor blätterte erneut in der Akte und las einiges nach. »Dann können wir diese zwei erst einmal vernachlässigen.« Wieder zeigte der Inspektor auf zwei Namen. »Das Mädchen war damals zwei und der Junge vier. Die anderen zwei allerdings waren zu der Zeit Jugendliche. Sie könnten etwas gehört oder gesehen haben.«

»Thomas Byrne und Elizabeth Butler«, las Elsy laut vor.

»Ja. Beide waren damals siebzehn Elizabeth Butler … Sie hat später geheiratet und trägt nun einen anderen Namen. Sie lebt in Birmingham.« Erneut suchte der Inspektor nach einer Information. »48 Queen Street …«, murmelte er.

»Bitte, was?«, hakte Elsy nach, obgleich sie verstanden hatte, was er sagte. Sie verstand nur nicht, warum er murmelte.

»Thomas Byrne, er wohnt in Hoktony.«

Elsy begriff. Der Inspektor wollte nicht, dass sie Byrnes Adresse kannte. Sein Pech, dass sie ihn sehr wohl verstanden hatte.

»Ich denke, wir fangen mit ihm an. Er wohnt in der Nähe. Elizabeth Butler kann ich erst mal nur telefonisch versuchen zu erreichen. Außerdem muss ich dringend mit dem Direktor des Heims sprechen. Wenn das Heim damals wirklich versucht hat, etwas zu vertuschen, und es vielleicht noch tut, muss ich ihm anscheinend stärker auf den Zahn fühlen. Egal, ob die Dinge zusammenhängen oder nicht.«

Elsy sparte sich, ihn darüber zu informieren, dass Imelda gerade in diesem Moment im Kinderheim vorsprach und das Selbige vorhatte. »Also fahren wir nach Hoktony?«, schlussfolgerte sie.

Der Inspektor blinzelte, dann grinste er. »Mit *wir*, Miss Moore, meinte ich uns, die Polizei, nicht Sie und mich.«

Das war ja klar gewesen! Aber mit was hatte sie auch gerechnet, rügte Elsy sich selbst. Natürlich war sie bei den weiteren Nachforschungen nicht dabei. Sie war schließlich nur *Zivilist*.

»Wenn Sie mich also bitte jetzt entschuldigen!« Der Inspektor stand auf. »Mr Byrne wird sich sicherlich über einen Besuch von mir freuen.«

Elsy war enttäuscht. Sie ließ die Schultern hängen und schnaufte.

»Hören Sie, Miss Moore, ich danke Ihnen wirklich sehr! Egal, ob uns diese Spur nun weiterbringt oder nicht.« Inspektor Quinn nahm sich seine Jacke vom Haken und zog sie an. Erwartungsvoll sah er sie an.

Noch immer war Elsy nicht aufgestanden. Sie dachte über das, was sie gesprochen hatten, nach. Entweder Thomas oder Elizabeth wusste etwas. Da war sie sich sicher. Kinder lauschten, waren neugierig und lästerten nicht weniger als Erwachsene es taten. Was war damals im Heim passiert? Und warum starben dafür Leute? Wenn sie sich nicht allzu sehr täuschte, waren beide mögliche Opfer oder sogar der oder die Mörder. Elsy hatte ein flaues Gefühl im Magen. Ob es dem Inspektor gefiel oder nicht, sie würde nicht locker lassen. Sie hatte einen Entschluss gefasst und stand auf.

17

Elsy hatte in der Nähe der 48 Queen Street in Hoktony geparkt. Hier wohnte Thomas Byrne.

Nachdem sie Inspektor Quinn und Marty hatte davon fahren sehen, hatte sie ihren Entschluss in die Tat umgesetzt. Sie hatte alle Vernunft über Bord geworfen und war ihnen gefolgt.

Elsy ging an dem Wagen des Inspektors vorbei. Er und Marty hatten fünf Minuten Vorsprung und sprachen vermutlich gerade mit Mr Byrne in seinem Haus. Sie schlich sich langsam heran.

Mr Byrne wohnte in einem schmalen Reihenhaus, das inmitten einer langen Reihe weiterer schmaler Häuser versetzt zum Straßenrand stand. Flache Zäune und Tore trennten die Häuser vom Fußgängerweg. Zwischen den Häusern und Zäunen lagen kleine Grünflächen.

Schon von Weitem konnte Elsy sehen, dass die Tür zu seinem Haus offen stand, was merkwürdig war. Elsy war zwischen Neugierde und Vernunft hin und her gerissen. Ihr großartiger Plan, dem Inspektor zu folgen, war gut und schön. Nur, was sollte sie jetzt tun? Sie hatte überlegt, zu lauschen, ins Fenster zu schauen, sie zu beobachten, nur was war dann?

Je näher sie Mr Byrnes Haus kam, desto deutlicher vernahm sie Stimmen, die aus dem Haus hallten. Mit jedem Schritt wurden sie lauter. Insbesondere eine Stimme war deutlich zu hören. Eine Frauenstimme. Eine Frauenstimme, die sie kannte, auch wenn sie so schrill fremd klang.

Ohne weiter nachzudenken, spurtete Elsy die kleine Treppe zur Tür hinauf und setzte den ersten Fuß über die Schwelle. Sie schaute in den tiefen Flur, der alt und karg wirkte, und als sie niemanden erblickte, ging sie langsam weiter.

»Männer! Vollkommen klar, dass *ihr* zusammenhaltet. Natürlich haltet ihr zu *ihm!*«, brüllte die Frau. Ihre Stimme triefte vor Abscheu.

Elsy blieb augenblicklich stehen.

»Mrs Miller, bitte! Bitte legen Sie die Waffe nieder!«, hörte sie den Inspektor mit fester Stimme sagen. Elsys Vermutung hatte sich bestätigt. Frances Miller war dort und sie hatte eine Waffe.

»Mrs Miller, bitte! Ich versuche, Ihnen zu helfen. Wir können über alles reden. Aber solange Sie eine Waffe auf Mr Byrne, Mr Hall und mich richten, ist dies kaum möglich«, versuchte der Inspektor sie mit sanfterer Stimme zu beruhigen.

Elsy hatte mittlerweile erkannt, dass die Stimmen direkt aus dem nächsten Raum kamen. Sie müsste lediglich ein paar Schritte machen und wäre im Geschehen.

»Halten Sie den Mund! Ich muss denken.«

»Mrs Mil —«

»Halten Sie den Mund!«, schrie Frances.

Elsy hatte nur zwei Möglichkeiten. Entweder sie ging zurück zu ihrem Auto und verharrte der Dinge, die da kommen sollten, oder sie blieb und versuchte zu helfen ... Auch wenn sie nicht so recht wusste, was sie tat, machte sie einen Schritt nach vorn.

»Hallo, Frances? Bist du es? Ich bin es Elsy. Was machst du denn hier?«, sagte sie leichthin und schaute lächelnd ums Eck. Sich dumm zu stellen, war sicherlich die beste Option.

»Elsy?« Frances blickte völlig verdattert, sammelte sich jedoch sogleich wieder und richtete nun die Waffe auch auf sie. »Bleib sofort stehen!«

Elsy, die jetzt im Türrahmen stand, erstarrte. »Frances …
Was —«

»Verdammt, Miss Moore!«, fluchte der Inspektor und funkelte sie böse an.

Elsy hatte keine Zeit, sich mit der Wut des Inspektors aus-
einanderzusetzen, und überblickte blitzschnell den Raum.

Elsy war im Wohnzimmer von Mr Byrne gelandet. Der
Inspektor und Marty standen weniger als zwei Meter seitlich
von ihr. Die beiden hatten ihre Waffe gezogen und richteten
sie auf Frances. Frances stand am Ende des Raums, ihr gegenüber. Thomas Byrne, ein dürrer, kränklich wirkender
Mann, saß mit zusammengezogenen Schultern in einem Sessel am Fenster und starrte ängstlich zwischen den Anwesenden hin und her.

Frances wirkte mit einem Mal unsicher. »Ihr bleibt, wo ihr
seid!« Ihre Waffe richtete sie abwechselnd auf den Inspektor
und Marty. In Mr Byrne, der stark vom Leben gezeichnet
war, sah sie anscheinend keine Bedrohung.

Als Elsy sah, dass Frances' Hals nur so von roten Stress-
flecken übersät war, wollte sie beruhigend auf Frances ein-
wirken. Und das beste Mittel war meist, die Leute einfach
reden zu lassen. »Frances, was ist denn los? Warum tust du
das?«

»Warum ich das tue? Warum ich das tue?« Mit jedem
Wort wurde Frances' Stimme schriller. »Weil er ein Bastard
ist. Ein Schwein. Ein Stück Dreck!« Die letzten Worte
spuckte sie. Ihr Gesicht war verzerrt, mehr Abscheu konnte
es nicht zeigen. »Weißt du, was er getan hat? Er hat meine
Mutter vergewaltigt. Mehrfach. Und nicht nur er. Nein. Hide
und Brown, die Schweine, haben es auch getan. Sie alle haben es getan, gemeinsam. Gott, wie ich sie hasse. Ich hasse
euch!« Frances schrie und richtete die Waffe nun wieder auf
Byrne.

Thomas Byrne zuckte in seinem Sessel zusammen. Er versuchte, sich kleiner zu machen, als ob dies half, weniger ins Visier zu geraten.

Frances atmete schwer, als sie weitererzählte, »Vielleicht ist er mein Vater.« Abwägend wog Frances die Waffe in ihrer Hand. »Kannst du dir das vorstellen? Dein Vater ist der Vergewaltiger deiner Mutter. – Ich könnte kotzen. – Obwohl, vielleicht ist es auch Hide oder Brown. Wir wissen es ja nicht. Aber ehrlich, es interessiert mich auch nicht. Das Einzige, was mich interessiert, dass sie, dass *er* seine gerechte Strafe bekommt.«

»Aber das würde er. Frances, ihr müsst ihn anzeigen!«

»Anzeigen!? Pah, das ich nicht lache! Wahrscheinlich wäre das Ganze dann verjährt. So einen Schwachsinn gibt es doch. Als wenn eine Straftat ein Verfallsdatum hätte. Oder, das Gericht würde ihn aufgrund seines hohen Alters davonkommen lassen. Sieh dir den alten Tattergreis doch mal an. So jemand kommt nicht mehr ins Gefängnis. Es würde nichts passieren. Der Dreckskerl würde einfach davonkommen.«

»Ich verspreche Ihnen, Mrs Miller, Mr Byrne wird seiner gerechten Strafe zugeführt«, versuchte der Inspektor sie zu beschwichtigen.

»Versprechen! Sie können mir gar nichts versprechen. Die Menschen haben meiner Mutter damals nicht geholfen und sie werden es auch heute nicht tun.«

»Was ist denn damals passiert? Warum hat ihr niemand geholfen?«, wollte Elsy erfahren.

»Es hat ihr niemand geholfen, weil sie einen Skandal verhindern wollten. Byrne, Hide und Brown haben meine Mutter abgefangen, als das werte Aufsichtspersonal seiner Teestunde nachgegangen war. Sie vergnügten sich wie jeden Tag mit Zigaretten und Likör, während meine Mutter wenige Meter entfernt vergewaltigt wurde. Alle waren zu sehr mit ihren Vergnügungen beschäftigt, um etwas zu bemerken. Niemand war da, um sie oder andere Kinder zu beschützen. Sie haben ihre Aufsichtspflicht verletzt. Als ihnen das klar wurde, und was ihnen und dem Kinderheim blühte, wenn es ans Licht käme, haben sie meine Mutter eingeschüchtert, damit sie schwieg, und sie ins Frauenhaus gebracht. Ich sage dir, würden die Verantwortlichen heute noch leben, hätte ich mir die auch vorgeknöpft.«

»Und später? Ich meine, hat deine Mutter nie daran gedacht, sie anzuzeigen?«

»Nein, das wollte sie nicht. Damals war meine Mutter einfach nur froh, dem entkommen zu sein, den Männern und den Leuten, die sie bedroht hatten. Sie war unendlich dankbar, als Miss Fisher, die am Rande von Stricktony lebte, ihr eine Stelle als Hausmädchen und *uns beiden* eine Unterkunft anbot. Dort hatte sie viele Jahre ein einfaches, gutes Leben. Wir lebten so weitab vom Schuss, niemand kümmerte das junge Ding mit dem Kind. Und irgendwann wollte meine Mutter nicht mehr zurückblicken. Sie wollte es vergessen. Aber ich konnte es nie vergessen. Als ich sechzehn war, erzählte sie mir davon. Du kannst dir nicht vorstellen, wie schrecklich es ist, zu wissen, unter solchen Umständen gezeugt worden zu sein. Und als dann Hide die Frechheit besaß, hierher zu ziehen und ich die Sorge und den Kummer in den Augen meiner Mutter sah, schwor ich, sie zu beschützen, und ich schwor Rache. Seither habe ich ihn beobachtet. Er wusste genau, wer ich war, dafür hatte ich gesorgt. Ich habe ihm gedroht, falls er meiner Mutter oder mir jemals zu nahe kommen sollte, hätte er schneller eine Kugel im Kopf, als er bis drei zählen könnte.« Frances grinste. »Er hat uns nie belästigt. Dennoch für meine Mutter war es schwer. Sie lebte und arbeitete zwar außerhalb, aber ihn dann und wann in der Kirche zu sehen, war eine Qual für sie.«

Elsy fragte weiter. Frances wurde bereits ruhiger und je mehr sie erzählte, desto ruhiger wurde sie vermutlich werden. »Also, du hast Hide und Brown ermordet, um dich zu rächen. Nur, warum jetzt? Nach so vielen Jahren?«

»Weil Hide es nicht lassen konnte. Bereits vor ein paar Jahren hat er eine Frau von uns aus dem Dorf belästigt. Zum Glück hat ihr Bruder sich um Hide gekümmert. Er hat ihm ordentlich zugesetzt und Hide ließ die Frau fortan in Ruhe. Ich habe alles beobachtet. Und ehrlich, wäre ihr Bruder nicht eingeschritten, wäre ich es.«

Elsy wusste, sie sprach vom Efrem und seiner Schwester.

»Aber das war es nicht, was mich veranlasst hat, jetzt einzugreifen. Was mich veranlasst hat, war, dass Hide vor ein paar Wochen begann, einer jungen Frau aufzulauern. Er folgte ihr nach dem Chor nach Hause, beobachtete sie bei den Proben. Ich bin nur froh, dass ich selbst im Chor singe und es mitbekam. Ab dem Moment sah ich ihn mir noch genauer an. Ich folgte ihm nach Broktony, sah ihn mit Brown und Byrne trinken und plötzlich wusste ich tief in mir, dass wenn ich nicht handle, dem Mädchen etwas Schlimmes droht. Ich ärgerte mich, nicht schon früher wachsamer gewesen zu sein. Ich fragte mich, ob Brown und Byrne wie Hide auch andere Frauen belästigt hatten, und ich sagte mir, wie auch immer die Vergangenheit war, ich muss die Welt in der Zukunft vor diesem Abschaum beschützen. Mein Plan war dementsprechend schnell gefasst. Fortan beobachtete ich alle drei. Ich sammelte alle notwendigen Informationen und schließlich musste Hide als Erster dran glauben.« Frances klang völlig abgeklärt. Sie war von dem, was sie getan hatte, überzeugt und zeigte keinerlei Reue.

»Und woher hast du die Waffe? Und was sollte das mit der Teetasse?«

»Die Waffe ist ein altes Ding von Miss Fisher. Warum auch immer sie in Stricktony gelebt hat, auch sie verbarg etwas und hatte Angst. Sie war nur ein paar Jahre älter als meine Mutter, aber eben von Adel. Sie hatte einen Waffenschein, besaß diese Waffe und na ja, eben auch einen Schalldämpfer. Ich habe keine Ahnung warum. Als sie starb und meine Mutter das Häuschen erbte, nahm ich die Waffe an mich. Ich übte damit, als hätte ich damals schon eine Ahnung gehabt, dass es irgendwann nützlich wäre … Und na ja, was die Teetasse anbelangt. Das war ein Zufall. Hide erschrak, als ich in seinem Wohnzimmer auftauchte, und stieß sie um. Da kam mir der spontane Einfall, für Ablenkung zu sorgen und die übrigen zwei Männer, sofern sie davon Wind bekamen und es begriffen, zu verängstigen. Ich wollte sie das Fürchten lehren. Ich nahm also einen Splitter und ritzte die Zeichen in den Tisch. Ein Strich für jedes Opfer und wenn eine Tat vollbracht war, wurde das Opfer durchgestrichen. Den Splitter nahm ich mit. Ich dachte wirklich, es wäre eine gute Idee. Gott, hätte ich geahnt, dass die Polizei so auf meinen lieben Josef kommt, hätte ich es gelassen.«

»Ihr Mann weiß demnach nichts?«, wagte sich Marty zu fragen und erntete gleich darauf einen spöttischen Blick.

»Natürlich nicht! Nicht, dass ich ihm nicht traute. Im Gegenteil, ich wollte ihn schützen.«

Elsy dachte über den zweiten Mord an Brown nach und endlich ging ihr ein Licht auf. »Der Ohnmachtsanfall, als die Polizei Josef verhörte, das war auch eine Ablenkungen, richtig? Und durch den zweiten Mord war er außer Verdacht und du hattest ein Alibi. Stimmt's?«

»Ganz genau. Es war ein spontaner Einfall. Eigentlich war mir klar, dass die Polizei nichts gegen Josef in der Hand hielt, aber trotzdem. Ich wollte ihn schützen. Und für mich war es die perfekte Gelegenheit, Brown aufzusuchen. Jeder dachte, ich würde leidend im Bett liegen. Das Gegenteil war der Fall. Ich schlich mich davon und erledigte das, was getan werden musste. Zugegeben es war brenzlig, sein Vermieter, der Mann von der Presse, hätte mich beinahe ertappt.«
Frances lächelte, sichtlich mit sich zu frieden. Die Schüch-

ternheit, die sie sonst an den Tag legte, war verflogen. Aber sie wirkte auch erschöpft. Ihr Arm war müde von der Schwere der Waffe und sackte schon ab.

Elsy musste weiterfragen. »Weiß Trudy Bescheid?«

»Meiner Mutter habe ich es erzählt, nachdem ich Hide erschossen hatte. Ich wollte, dass sie weiß, dass wenigstens ein Mensch auf dieser Welt ganz und gar auf ihrer Seite steht.« Frances hatte Tränen in den Augen und blinzelte sie fort.

So widersprüchlich Elsys eigene Gefühle waren, so fühlte sie in diesem Moment dennoch mit Frances. Sie und vor allem Trudy hatten so viel Leid in ihrem Leben erfahren müssen, das war einfach falsch. »Frances darf ich ehrlich sein. Ich verstehe deine Wut. Was du empfunden haben musst, all die Jahre, muss schrecklich gewesen sein. Ich werde das wohl nie nachempfinden können. Ich wünschte, es hätte damals mehr Menschen wie Miss Fisher gegeben, die deiner Mutter, die ja selbst noch ein Kind war, geholfen hätten. Und ich weiß, dass du ein guter, freundlicher, liebevoller Mensch bist und du deine Mutter und all die anderen Frauen in deiner Umgebung nur schützen wolltest, aber meinst du nicht, du solltest jetzt aufhören?« Elsy ließ Frances Zeit, die Worte zu verarbeiten.

»Sie waren so böse Menschen.« Frances fing an zu schluchzen und ihr liefen Tränen über die Wangen. »Sie haben so schlimme Dinge getan. Sie haben meine Mama um ihr unbekümmertes Leben gebracht. Und sie wollten anderen Frauen Böses.« Frances wischte sich mit ihrer freien Hand die Tränen aus dem Gesicht. »Ich wollte Rache, das gebe ich zu, damals wie heute, natürlich, aber eigentlich nicht so. Ich habe ihnen die Pest an den Hals gewünscht, ein trauriges, armes, einsames Leben. Aber als Hide dann dem Mädchen nachstellte, ist bei mir einfach eine Sicherung durchgebrannt.« Immer mehr Tränen liefen Frances über das Gesicht. »Ich wollte das nicht. Nicht wirklich. Nicht so, aber ich wusste mir nicht anders zu helfen. Und … und jetzt. So … so wollte ich nicht, dass es endet.« Als Frances die Hand mit der Waffe nun endgültig sinken ließ, ging Elsy langsam auf sie zu.

Vorsichtig nahm sie Frances, die völlig in sich zusammengesackt schien, in den Arm. »Es ist okay … Es ist okay …«, flüsterte sie beruhigend. Und als sich Frances schluchzend an sie klammerte, wusste Elsy, es war vorbei.

Epilog

Die Ruhe und Wärme des Herrenhauses war das, was Elsy jetzt brauchte. Es war Montagmorgen und sie saß gemeinsam mit Fred beim Frühstück. Fred las die Hoktony Gazette. Die Titelzeile lautete: *Teetassenmörder gefasst.*

Elsy hatte gezögert, den Zeitungsbericht zu lesen. Noch immer sah sie die Bilder des Samstagnachmittags deutlich vor sich, spürte die Furcht und das Leid in ihr nachhallen. Im Grunde gab es kaum einen Moment am Tag, in dem ihre Gedanken sie nicht zurück zu diesem Nachmittag trugen. Und das reichte ihr völlig, sie benötigte keine Erinnerung. – Ihre eigene Neugierde, aber auch die Sorge, selbst im Bericht genannt zu werden, hatten sie umgestimmt. Sie dankte dem Universum, dass ihr Name nicht erwähnt wurde, und hoffte, dass ihr Zutun bei der Aufklärung der Morde geheim blieb und sich auch nichts weiter im Dorf herumsprach.

Fred schmunzelte, während er den Artikel las. Natürlich kannte er längst alle Details. Elsy wusste, er freute sich darüber, mehr zu wissen als die Journalisten und dass letztendlich sie drei die Morde aufgeklärt hatten und nicht die Polizei.

Elsy kaute langsam auf einem Stück Toast und ihre Gedanken brachten sie erneut zurück zum Geschehen.

Elsy konnte nichts dagegen tun. Sie dachte an den Moment, als Frances ihr die Waffe gegeben hatte. Es war schon ein befremdliches Gefühl gewesen, eine Waffe in den Händen zu halten, mit der zwei Menschen ermordet worden waren. Und sie musste an all das denken, was danach geschah.

Kaum hatte ihre Umarmung geendet, hatte der Inspektor Frances Handschellen angelegt und Verstärkung gerufen. Alle Anwesenden mussten aufs Revier.

Elsys eigene Zeugenaussage hatte eine Ewigkeit gedauert und sie war müde und ausgelaugt gewesen, als sie endlich die Wache verlassen durfte. Marty hatte sie zwar zwischendurch mit Tee und einem Schokoriegel versorgt, aber so eine Art Anstrengung war sie nicht gewohnt und sie war körperlich wie geistig erschöpft.

Darüber hinaus bereitete ihr noch etwas anderes Bauchschmerzen. Der Inspektor hatte seit ihrem Auftritt in Byrnes Wohnzimmer kein einziges Wort mit ihr gewechselt. Marty war derjenige gewesen, der sich um sie gekümmert hatte, nachdem Frances abgeführt wurde, und auch er war derjenige, der ihre Aussage festgehalten hatte. Der Inspektor hatte wie eine Maschine funktioniert. Er hatte ruhig und konzentriert gearbeitet. Aber er hatte sie kaum beachtet. Er hatte vermieden, sie anzusehen und mit ihr zu sprechen, da war sich Elsy sicher.

Und das war nicht das Einzige, was sie beschäftigte. Nachdem die Morde aufgeklärt waren, kamen ihr immer mehr Fragen in den Sinn. Was geschah jetzt mit dem Kinderheim? Hatte das Kinderheim nach so vielen Jahren mit Konsequenzen zu rechnen? Elsy machte sich zudem Sorgen um Josef. Wie musste es ihm wohl gehen? Oder Trudy? Was geschah nun mit Frances und was mit Thomas Byrne?

»Meine Liebe!«, weckte Fred sie aus ihrem Gedankenchaos. Er tätschelte ihre Hand und lächelte ihr liebevoll zu.

»Entschuldige, ich war in Gedanken.«

»Ich weiß. Aus diesem Grund rüttle ich dich auch wach. Iss deinen Toast, junge Dame!«

Elsy musste schmunzeln. Wie sich in den letzten Tagen herausgestellt hatte, war Fred, wenn er sich sorgte, eine Glucke, was ihn nur noch liebenswürdiger machte.

Fred nahm seine Brille ab und rieb sich den Nasenrücken. »Die Polizei hätte ohne uns ganz schön im Trüben gefischt.«

»Das stimmt. Aber um ganz ehrlich zu sein, wir hatten auch nur Vermutungen. Dass wir Frances ertappt haben, war reiner Zufall.«

»Na, na! Jetzt stell dein Licht nicht unter den Scheffel! Du hast klug recherchiert. Du hast Schlussfolgerungen angestellt und du bist deinem Bauchgefühl gefolgt. Und letztendlich hast du sie geschnappt. Ich sage nur: Passt auf, ihr Verbrecher da draußen! Elsy Moore hat euch im Visier.« Fred zwinkerte ihr zu.

»Ha ha!«, erwiderte Elsy trocken und schüttelte ungläubig den Kopf. Sie nahm ihre große Teetasse in beide Hände, sodass sie ihre Finger wohlig wärmte. Gedankenverloren stellte sie sich an die offene Flügeltür zum Garten und schaute eine lange Zeit hinaus ins Grüne. Sie sah, wie die letzten Rosen im Sonnenlicht strahlten, spürte den Frieden, der von diesem Ort ausging, und sie kam zu dem Schluss, dass sie sich keinen besseren Platz vorstellen konnte, um zu leben.

Fred und Imelda waren wahre Freunde. Die beiden hatten sie gestern nicht aus den Augen gelassen. Imelda hatte sogar darauf bestanden, bei ihr zu schlafen, um sicherzugehen, dass es ihr gut ging. Und Elsy ging es, trotz aller Aufregung und der Wirrungen in ihrem Kopf, gut. Denn hier in diesem verschlafenen Örtchen namens Stricktony war sie angekommen. Ihr Leben war vielleicht ein wenig ruhig, sah man von den wenigen Ausnahmen einmal ab, und aus mancher Sicht wahrscheinlich sogar langweilig. Sie hatte weder einen Mann noch Reichtümer auf dem Konto, aber sie hatte Fred und Imelda, die großartigsten Freunde, die sie sich nur wünschen konnte, und sie hatte Demon, ihren kleinen, zauseligen Beschützer. Und, die vergangenen Tage hatten sie etwas gelehrt, das sie fortan verändern würde. Elsy Moore wusste nun, sie war eine mutige Frau, mutiger, als sie es selbst je für möglich gehalten hätte, und sie wusste, wenn sie sich nur traute, konnte sie vieles erreichen. Mit diesem Wissen blickte Elsy zufrieden in die Ferne und lächelte.

– Fortsetzung folgt –

Josef Millers exorbitante Zimtkringel

Für ein Backblech, ergibt 21 Stück

Zutaten:
Hefeteig:
700 g Mehl (Type 405 oder 630)
1 Würfel frische Hefe (ca. 40 g)
100 g Zucker
360 g Milch
1 geh. TL Salz

Füllung:
6 geh. EL Zucker
1 geh. EL Zimt
150 g Butter, sehr weich
2 EL Zuckerrübensirup (optional)

Frischkäseguss:
100 g Doppelrahmfrischkäse
100 g Puderzucker
30 g Butter, sehr weich
30 g Milch
¼ Fläschchen Vanille-Butter-Aroma

Zubereitung:
1. Im Grunde beginnen wir damit, dass wir andere für uns arbeiten lassen, nämlich die Hefe. Reizvolle Vorstellung ;-) Los geht's: 700 g Mehl, 1 Würfel Hefe, 100 g Zucker, 360 g Milch und 1 geh. TL Salz in dieser Reihenfolge in eine große

Schüssel geben und gründlich verkneten (Das kann schon 2 bis 3 Minuten dauern). Teig abdecken, z. B. mit einem Küchentuch aus Stoff, und an einem warmen Ort 1 Stunde ruhen lassen, damit er aufgehen kann. Am Ende dieser Zeit könnt ihr schon mal ein tiefes Backblech gut einfetten.

Tipps:
- Das Salz niemals direkt auf die Hefe streuen. Einfach erklärt: die Hefe mag kein Salz und der Teig geht dann nicht so gut auf.
- Hefeteig mag keine Zugluft. Stellt ihn nicht in die Nähe eines gekippten Fensters. In der Nähe einer Heizung fühlt er sich wohl. Ein Hefeteig hat ein bisschen was von einer Katze, die mögen es auch warm und gemütlich und wollen nicht gestört werden.
- Zum Einfetten des Backblechs eignet sich z. B. Sonnenblumenöl, da es recht geschmacksneutral ist. Kommt nicht auf die crazy Idee und verwendet Olivenöl. Obwohl vielleicht gibt es auch dafür Liebhaber …

2. 6 geh. EL Zucker und 1 geh. EL Zimt in einem Schlüsselchen verrühren.

3. Den Hefeteig auf einer leicht bemehlten Arbeitsfläche rechteckig, circa auf Backblechgröße, ausrollen.

Tipp: Sollte der Hefeteig etwas klebrig sein, was durchaus schon mal vorkommen kann, dann könnt ihr ihn vorher auch nochmal per Hand mit einem zusätzlichen EL Mehl durchkneten.

4. 150 g sehr weiche Butter vorsichtig auf dem Teigrechteck verteilen.

5. Erst die Zimt-Zucker-Mischung auf der Butter verteilen, dann 2 EL Zuckerrübensirup. Am besten nehmt ihr den Löffel Sirup und lasst ihn von etwas weiter oben auf den Teig tropfen. Da der Sirup sehr zäh ist, müsst ihr den Löffel auf und ab bewegen, so zieht sich der Sirup in dünnen Fäden über den Teig. Hier ist aber auch keine Präzision gefragt, wenn mal wo mehr landet, ist das kein Problem. ;-)

Tipp: Der Zuckerrübensirup verleiht den fertigen Zimtkringeln eine besondere Note, aber wenn ihr keinen da habt, macht das auch nichts.

6. Jetzt ist Fingerspitzengefühl gefragt, denn jetzt müsst ihr die Teigplatte von der längeren Seite her aufrollen. Sollte der Teig an der einen oder anderen Stelle an der Arbeitsplatte kleben bleiben, versucht ihr ihn am besten vorsichtig zu lösen (Falls ihr doch einmal ein Loch produzieren solltet, ist das nicht schlimm, beim Backen wächst alles zusammen.). Wenn ihr am Ende seid – ich hoffe nicht mit euren Nerven –, drückt ihr den Schluss einfach ein bisschen an der Rolle fest.

7. Die Teigrolle könnt ihr nun mit einem scharfen Messer in ca. 2 cm dicke Scheiben schneiden. Ich habe 21 Stück herausbekommen. Die Scheiben legt ihr nun flach nebeneinander auf das eingefettete Backblech, dabei rund in Form drücken, und lasst sie nochmal 25 Minuten gehen. Jetzt ist ein guter Zeitpunkt, um den Backofen auf 200°C vorzuheizen. Die meisten Backöfen brauchen dafür 10-15 Minuten.

8. Nach der Gehzeit sollten die Kringel – Schnecken klingen doch irgendwie langweilig, findet ihr nicht? – etwas aufgegangen sein. Nun können sie in den Backofen. Am besten nutzt ihr die zweite Schiebleiste von unten, damit sie sich möglichst mittig im Backofen befinden. Ihr backt die Zimt-

kringel ca. 15 Minuten (200°C). Beginnt bitte gleichzeitig mit dem nächsten Schritt.

Tipp: Beobachtet die Kringel beim Backen! Sollten sie schon ein, zwei Minuten vor Ende der Backzeit sehr gut gebräunt sein, nehmt sie früher raus. Manche Backöfen heizen einfach heißer als andere. Außerdem hat helleres Gebäck den Vorteil, dass es saftiger ist.

9. 100 g Frischkäse, 100 g Puderzucker, 30 g sehr weiche Butter, 30 g Milch und ¼ Fläschchen Vanille-Butter-Aroma in einer Schüssel gründlich verrühren.

10. Das Backblech vorsichtig, z. B. mit Ofenhandschuhen, aus dem Backofen nehmen und den Guss auf die noch heißen Kringel geben, einfach mit einem Esslöffel darüber träufeln. Fertig! Am besten esst ihr die Zimtkringel lauwarm, so mag ich sie zumindest am liebsten. Ich wünsche euch ganz viel Spaß beim Nachbacken, gutes Gelingen und vor allem guten Appetit!

Anmerkungen der Autorin

Schon als Jugendliche träumte ich davon, meine Fantasien zu Papier zu bringen. Vor einigen Jahren war es dann soweit und ich veröffentlichte meine ersten beiden Fantasy-Romane.

Elsy Moore ist mein erster Krimi und es war für mich eine große Freude, diese gemütliche, schrullige Welt um Elsy und ihre Freunde entstehen zu lassen. Ich liebe Englands Landschaften, die pittoresken Herrenhäuser, altes Porzellan und da ich mein Herz unwiderruflich an Miss Marple und Sherlock Holmes verloren habe, musste ich meine Geschichte unbedingt irgendwo in einem kleinen, verschlafenen Nest in England stattfinden lassen.

Die Idee zu Elsy kam mir an einem Nachmittag im Spätsommer 2020 und ließ mich nicht mehr los. So war für mich auch von Anfang an klar, Elsy Moore ist mehr als ein einziges Buch. Zahlreiche Morde warten nur auf ihre Aufklärung. Ich freue mich daher schon riesig, euch bald weitere spannende Charaktere vorzustellen.

Zu guter Letzt möchte ich mich bei ein paar sehr lieben Menschen, die mich unterstützt haben, bedanken.

Mein Dank gilt an erster Stelle meiner Familie, die mir in der vergangenen Zeit viel Mut zugesprochen hat. Ich danke insbesondere meiner Mum, die komme, was wolle, an mich glaubt.

Danke an alle Freunde und Bekannte, die für mich die Werbetrommel rühren und mich damit ganz großartig unterstützen.

Ein weiteres Dankeschön geht an diese tollen Künstler, die mich mit ihrer Musik inspiriert haben. Ein Buch zu schreiben, ist, wie ein Film im eigenen Kopf abspielen zu lassen. Und was wäre ein Film ohne die passende Musik. Ich danke daher: Freya Ridings, Katy Perry, Dua Lipa, Dermot Kennedy, Martin Kohlstedt und Claude Debussy, auch wenn er nicht mehr unter uns weilt.

Zum Schluss und jetzt kommt das aller Wichtigste, danke ich natürlich euch, meinen Lesern. Vielen Dank, dass ihr mir als Newcomerin in der Cosy-Crime-Welt eine Chance gegeben habt!

Ihr habt Lust, mehr über Elsy Moore zu erfahren, dann besucht mich gerne auf Instagram (@miri.smith.autorin).